JN104336

替え玉見合いをしたら最推しの英雄騎士様と結婚しました

水川綺夜子

23759

角川ルビー文庫

目次

口絵・本文イラスト／森原八鹿

0　不死の魔法《まほう》

二人が邂逅《かいこう》したのは、闇《やみ》が凍《い》てつく新月の夜のことだった。

丘《おか》は一面の雪景色だ。その白に、月光とは異なる濃《こ》い金の光が満ちている。

蜜《みつ》色の光の真ん中で、二人が向き合っていた。

金色の髪《かみ》と目をした喪服《もふく》の少年。そして、血濡《ちぬ》れた銀の長髪《ちょうはつ》を風に靡《なび》かせた騎士《きし》が雪に這《は》いつくばっている。

腕《うで》に裂傷《れっしょう》を負った騎士を見下ろす少年が、眉根《まゆね》を寄せて言った。

「人ならざる血が混じっている香《かお》りがする……。だから、己《おのれ》の命を粗末《そまつ》に扱《あつか》うのですか」

「っ……な、んの……話《た》だ……？」

痛みに耐える騎士に、少年がやり切れなさそうに首を横に振《ふ》って続ける。

「例えば明日《あした》の戦いで殉職《じゅんしょく》したなら、誰《だれ》かがあなた様を真に愛してくれますか」

大人びたその声は、寂《さみ》しげな響《ひび》きを纏《まと》っていた。

「……答えは、否《いな》です。死んだら、人はただ忘れていくだけだ」

子供はぎゅっと胸から下げたロケットを握《にぎ》り込む。光沢《こうたく》のない真っ黒のローブの上、煤《すす》けた銀のロケットだけが鈍《にぶ》く光を弾《はじ》く。

「騎士様はお優《やさ》しい人です。だから見知らぬ僕を、狼《おおかみ》から助けてくれた。大事な腕に怪我《けが》を負ってまで。……そんな人は尚更《なおさら》、死んではいけない。あなたは愛されるべきお人だ。だから」

穏《おだ》やかな天寿《てんじゅ》をまっとうするその日まで、不死の幸運をあなたに。

僕の――この世で最も強い魔法使いの、全《すべ》ての魔力を使って。

そう続けられた言葉に、騎士が「待て」と言いかけた時、少年が切々とした声で天に願った。

「どうかこれから、僕がひとりぼっちじゃなくなりますように。寂しさも悲しさも、全部忘れられますように。……きっと大丈夫《だいじょうぶ》だ。魔法も愛も、かけた分だけ戻《もど》ってくるから」

微笑《ほほえ》んで続けられた言葉と共に、丘も夜空も星々さえも飲み込む金の石――少年の魔力の塊《かたまり》が騎士の唇《くちびる》に触《ふ》れ、飲み込まれ……夜半の丘にはまた、静寂《せいじゃく》が戻った。

雪上の騎士の怪我は治り、薄《うす》い瞼《まぶた》は閉じられている。魔法の影響《えいきょう》で眠《ねむ》ったのだ。

「やっと最強から降りられた。これでよかったんだよね、おばあちゃん」

ロケットを開く。三日前に亡《な》くなった彼女の遺影《いえい》は、じっと少年を見つめていた。

安堵《あんど》してどさりと雪に膝《ひざ》をつき、眉根を寄せて微笑んだ。

「目覚めた時には、あなたも僕も今日のことは忘れています」

少年が騎士の銀の髪を撫《な》でた。……銀髪《ぎんぱつ》は稀有《けう》だ。その髪は異形の竜《りゅう》に似て、人は嫌《きら》う。

そのうちに、少年の金髪から、目から、光の粒《つぶ》がこぼれ落ちる。魔力を使い切ったせいで、力の証明でもあった金色がするすると抜《ぬ》けていった。

やがて小さな魔法使いの髪と目は、月のない夜空と同じ闇色に変わっていった。

1　本当に僕がお見合いの替《か》え玉なんですか？

麗《うら》らかで穏やかな春の日のことだった。

東の国境の町から、はるばる中央の都までやってきた青年オズとその親友、豪商《ごうしょう》リドル家のドロシー嬢《じょう》は、絢爛豪華《けんらんごうか》なホテルの壁《かべ》に備えられた巨大《きょだい》な姿見をじぃっと覗《のぞ》き込んでいた。

姿見に映るのは、ドレスを着た二人の若い女性。

そう、男性であるオズも、華《はな》やかなドレスを着ているのだ。

「うふ……」と薄ら笑いで沈黙《ちんもく》を破ったのはドロシーだ。やがて彼女は高笑いし、言った。

「やだもうオズったら！　私のドレスをちょっと直しただけで、ぴったりじゃないのよ」

「あはは～。そうだね、可愛《かわい》いね。僕じゃないみたいだね……」

化粧《けしょう》道具のブラシを指の間に数本挟《はさ》んだ彼女は、自分の「作品」を鏡越《ご》しにうっとりと見た。

しかし、その顔からじわじわと笑みが消えていく。

「ところでオズ。……こんなに綺麗《きれい》になっちゃうなんて、あなたは予想してた？」

そう問われて、つられて笑っていたオズの顔からも笑みがなくなる。それから、彼はざっと青ざめてぶんぶんと首を横に振って叫《さけ》んだ。

「予想なんてッ……してたわけないだろ！　なんって女装が似合っちゃうんだ!?」

＊

時は一週間ほど遡《さかのぼ》る。

セラ国東端《とうたん》の町は、戦時中は騎士団が駐屯《ちゅうとん》した国の守りの要《かなめ》だった。人類の未来をかけた独立戦争が奇跡《きせき》的な勝利で終わり、やっと五年たった今、かつて前線だった町は貿易の要として女王ユリアが住まう首都に次ぐほどに賑《にぎ》わっていた。

町の周囲には煉瓦《れんが》の壁がある。壁外には森が広がり、狼が棲《す》む小高い丘もあり、さらに向こうには自然の要塞《ようさい》——人外が住む異国とを隔《へだ》てる山脈があった。

人々は長らく、異形を恐《おそ》れてきた。ときに彼らは山を越《こ》え、いたずらに人を狩《か》るのだ。

しかし、セラに住むオズは生粋《きっすい》の魔法使いだ。セラ人と同じ「ヒト」ではない。

魔法使いが紛《まぎ》れていると露見《ろけん》すれば、人外を忌避《きひ》する人々に恐怖《きょうふ》をもたらし、混乱を招く。

生前の祖母に口酸《くちず》っぱく言い聞かされてきた。

『この国境の町は特殊《とくしゅ》だ。私たちを受け入れてくれるのだから。でも、多くの魔法使いは旅暮らしで、セラに住む同胞《どうほう》も隠《かく》れている。オズも、いたずらに正体を明かしてはいけないよ』と。

その言葉を守るように、オズが暮らしているのは町のすぐ外の森の中だった。馬車の事故で亡くなった父母によって、悪意ある者は辿《たど》り着けない防衛魔法がかけられた小屋があるのだ。

そんな生家を、じわりじわりと東の空から太陽が照らした。

早春の朝はまだ冷えるけれど、カーテンの隙間《すきま》から降る日差しは柔《やわ》らかかった。

「わふ」とあくびをしながら起床《きしょう》したオズは目にかかる黒い髪を指先で分ける。すぐに居間の窓を開け、腕を伸《の》ばしてスイと指先を動かした。

「――」

舌で転がす呪文《じゅもん》は人の言葉のようでそうではない。声の響きに呼応するように、ほんの一瞬《いっしゅん》、綿の寝巻《ねま》きの下の腕に赤い筋が浮《う》かんだ。

すると、庭の井戸《いど》から桶《おけ》が宙に上がり、洗顔用の水をくんで、窓辺までふわふわ浮いてやってくる。キンと冷えた水で身支度《みじたく》をしていると、外から甘い花の香りがした。

――次第《しだい》に、目に見えない友人らのしゃらしゃらとした羽音がオズの耳をくすぐる。

精霊《せいれい》だ。香《かお》りからして、春の花精だろう。

「おはよう。ふふ、僕はもう最強の子じゃないのに、君たちはまだ僕に加護をくれるのかな」

そう言ってまぶたを伏《ふ》せた。

丸く大きな瞳《ひとみ》は夜色。影《かげ》を作るまつ毛も、散髪《さんぱつ》代を惜《お》しんで自分で切った髪も黒だ。

いつものように四人がけのテーブルを拭《ふ》き、茶を淹《い》れ、果物を齧《かじ》る。

次は棚《たな》の掃除《そうじ》だ。オズは立ち上がって伸びをし、渡鳥《わたりどり》の羽根でできたはたきを手に取った。

一番に朝日を浴びる窓際《まどぎわ》に、古いチェストがある。祖母が愛《め》でていた骨董《こっとう》品だ。オズはそれに丁寧《ていねい》にはたきを滑《すべ》らせて、ほとんどない埃《ほこり》を払《はら》った。

木製の天板の上にいくつかの小さな額縁《がくぶち》があった。中身は肖像《しょうぞう》画でなく、まるでそのまま閉じ込めたように魔法で彼らの姿を写した『霊写《れいしゃ》』だ。それは微笑んだり、手を振ったり、動いている。これらはオズが作った家族の遺影で、魔法使いがよくする弔《とむら》いだった。

「おはようございます。お母さん、お父さん、おばあちゃん」

オズは明るい声で言い、にっこりと微笑んだ。

「今日は晴れてるよ。昨日は仕事で町に出て、新しく生まれた子とお母さんに祝福のまじないをかけてきた。なんとね、三人もいたんだよ。それからドロシーのおうちの病院に行ったよ。……痛みを取る魔法もさ、昔は簡単にできたのに今はそうもいかないみたい」

オズは「なはは」と情けなく笑い、霊写に収まった家族の顔を一人一人撫でていく。

「金髪に金の瞳の魔法使いは、当代最強の力を持つ。なんの因果か僕はそう生まれついたけど、十一歳で突然黒髪《とつぜんくろかみ》になった。……お父さんとお母さんは、弱くなった僕をどう思う？」

彼らはうなずいて微笑むばかり。動く霊写に意思はない。

それでもオズは、語りかけるのをやめられなかった。

「ねえおばあちゃん、僕はなんで戦争前夜に力を失《な》くしたんだろう。……思い出せないなあ」

最後の家族だった祖母の霊写は、小さなロケットにも入っている。棚からそれを取り、首にかけ――ちゃり、と小さく金属が擦《す》れる音ですら、この簡素な居間に響く。

オズが黙《だま》った瞬間《しゅんかん》、部屋を沈黙が包んだ。

――返事をしてくれる人は、一人もいない。

その時だった。

「おっはよ～！　オズ、いいもの持ってきたわよ」

ばん！　と勢いよく木のドアが開け放たれた。オズはぴゃっと痩《や》せた肩《かた》を跳《は》ねさせて戸の方を振《ふ》り向いた。静寂を破ったのは、幼馴染《おさななじみ》で親友のご令嬢《れいじょう》ドロシー・リドルだ。

「お、おはよう。今朝はまたどうしたの」

「ねえあなた、今日はオシゴト頼《たの》まれてないから暇《ひま》なんでしょ。だから会いに来たのよ」

オズは、国境の町で最も裕福《ゆうふく》な商家であるリドル家の紹介《しょうかい》で、町民の困りごとを魔法《まほう》で助ける仕事をして生計を立てていた。今日は確かに彼女の言う通り、珍《めずら》しくも完全にオフの日だ。

戸惑《とまど》って頷《うなず》くオズに、満面の笑みのドロシーがある封筒《ふうとう》を取り出した。

「じゃーん！　見て見て見て。ついにゲットしちゃった」

隙《すき》なく着飾《きかざ》った美人なのに、浮かべているのはニヤニヤ笑い。そんなドロシーに、オズはごくりと喉《のど》を鳴らす。ひとつ、心当たりがあったのだ。

「まさか……それはっ……」

「そう。数量限定、救国の二騎士《きし》さまポストカード全種類！　もちろん特典ツーショット入り」

「うそお本当に⁉」

ドロシーが言い切る前に、オズが食い気味に身を乗り出した。

「どうやって手に入れたの、そんなプレミア品！　宮廷《きゅうてい》画家の人が描《か》いてる公式のやつだよね。すごく綺麗な姿絵だって噂《うわさ》のやつだよね！　ああドキドキしてきた。喉渇《かわ》いた」

そう言ってテーブルの水差しから乱暴にグラスに水を注ぎ、ごっごっと飲んだ。隣《となり》で絹の手《て》袋《ぶくろ》をはめたドロシーが、掃除したばかりの清潔なテーブルに恭《うやうや》しくカードを並べる。

そうして、二人は同時に「ほう……」とため息をついた。

全部で十二枚。壮観《そうかん》だ。

緊張感《きんちょうかん》が漂《ただよ》い――二人分の感嘆《かんたん》が、ずらりと並んだ煌《きら》らかな姿絵に降り注いだ。

「なんて格好いいのかしら、リカルド様……」

「世界で一番素敵《すてき》だよ～、フィリックス様！」

二人は幼馴染で親友だ。……しかし、それ以上に深くアツい絆《きずな》がある。

オズとドロシーは、国中で敬愛される戦争の英雄《えいゆう》、「救国の二騎士」の大いなる信奉者《しんぽう》なのだ。

故《ゆえ》に、ただの友ではない。焦《こ》がれ憧《あこが》れ、心ときめき、思わず手に汗握《あせにぎ》って他人に推薦《すいせん》したくなる存在――神にも等しい「推《お》し」を尊んで生きる、推し仲間なのである。

十二枚のうち、五枚ずつ金髪の騎士と銀髪の騎士が単独で描かれ、おまけの二枚には二人が並んで描かれている。そのうち一枚、銀の騎士の顔アップが描かれているものをオズが持ち上げて、黒い瞳を感激にうるませて言った。

「フェローズ公爵家《こうしゃくけ》の剣聖《けんせい》、フィリックス様……。長い銀髪は夏星の川、切長の青い瞳は青藍《せいらん》の空。冷たい面差《おもざ》しすら華《はな》やかだ。ダイヤモンドが人間だったらフィリックス様の姿に違《ちが》いない。さすがは宮廷画家の絵だな、敵将を討《う》った元騎士団長の威厳《いげん》が伝わるようだ」

誰《だれ》に聞かせるわけでもなく、詩人のように豊富な語彙《ごい》でスラスラと称賛《しょうさん》の言葉が滑り出る。

――救国の二騎士とは、戦時中に騎士団長を務めたフィリックスと、現在も副団長を務めるリカルドの二人を指す尊称《そんしょう》だ。

五年前、敗戦濃厚《のうこう》だと思われた独立戦争に勝利したのは、この二人の貢献《こうけん》が大きい。人類を支配せんとセラの地に奇襲《きしゅう》を企《くわだ》てた異形……巨体《きょたい》の人狼《じんろう》との戦いにわずか三日で勝利を収め、疾風怒濤《しっぷうどとう》の勢いで先陣《せんじん》を切った白銀のフィリックスがオズの推しだ。その間、守りの要となったこの町を防衛し切った騎士が、ドロシーの推しの黄金のリカルドである。

戦後、この平和なセラではどんな歌手や役者、詩人よりもこの二騎士が市井《しせい》の人気を博していた。内容が盛りに盛られた伝記は飛ぶように売れ、舞台《ぶたい》化したらチケット争いは熾烈《しれつ》を極《きわ》め、画家が勝手に描いた姿絵すら二騎士の愛好家は買い求め……今回のような、宮廷画家が描く、王府と女王が認めた「公式」の品は手に入れるのに運と縁《えん》と根性《こんじょう》が必要になる。

その貴重品を前に、オズが上目で窺《うかが》うように親友を見て言った。

「ねえドロシー、きみはフィリックス様に興味ないんだよね。この五枚のソロ絵って……」

「当たり前じゃないの、オズに分けるためにここまで持って来たのよ」

「ああっさすがはドロシー様！　ひと揃《そろ》えで買った？　割って五枚分のお値段を教えて」

太っ腹で仲間思いの彼女を、オズは指を組んで拝み倒《たお》した。清貧な暮らしを好むオズだが、推しへの課金は厭《いと》わない。推しには換金《かんきん》できない価値があるから散財とも思っていなかった。

しかし、いつものように財布《さいふ》を取り出したオズをドロシーが手を出して制するではないか。

「いいの。お代はいらない」

「えっ⁉ 悪いよ、いくらきみが大富豪《だいふごう》でもそういうのはナシって言っただろ」

「違うわ。……違うの、オズ。ごめんなさい。先に謝《か》っておくわ。あなたにお願い事があるの」

「ドロシー？ どうしたの。べつにカードと引き換えにしなくても仕事は何でもやるよ」

潑剌《はつらつ》とした彼女らしからぬ歯切れの悪い物言いにオズが心配になった時。ドロシーは、わっと泣いて両手を顔に当て、大きく背中を震《ふる》わせて言った。

「いつものお仕事じゃないわ。私の……」

「ドロシーの？」

「私のお見合いの、替《か》え玉になって欲しいのよっ……」

お見合い。替え玉。

単語の意味はわかる。しかし、彼女の言葉の意味が全くわからない。

「え……？」

ぽかんとしたオズに、ドロシーが必死の形相で説明した。

花の盛《さか》りのドロシーは十六歳。そんな彼女に、ついに見合い話が来たと言うのだ。

「しかも相手は都のお貴族さまよ。商家の娘《むすめ》と結婚《けっこん》したがるなんて、裏があるに決まってる」

リドル一家は貴族に負けず劣《おと》らず豊かだが、あくまで貿易商だ。他国とほとんど交流していないセラだが、リドル家のように人類に好意的な異形と私貿易をし、富を築いている者らもいる。貴族が、そんな商人の富に目をつけてもおかしくはない。

「お父様は結婚に反対よ。それにっ……私、リカルド様より夢中になれる殿方《とのがた》なんていない！」

リドルの当主は商家の立場を誇《ほこ》りに思い、娘を嫁《とつ》がせて爵位《しゃくい》持ちになりたいという野心もない。溺愛《できあい》している娘本人が嫌《いや》がっているなら尚更《なおさら》見合いにこだわらないだろう。

オズは同情して、こう言った。

「災難だね。でもドロシーがそんなに嫌なのなら、おじさんは断ってくれるんじゃないかな」

「それが……」

ドロシーが首を横に振った。ドロシーの父はもう、ふた月も前からさる公爵家から縁談《えんだん》を打診《だしん》されていたというのだ。それをかわし続けたものの身分の違いでついぞ断りきれず、『今回ほど貴族じゃないことが悔《くや》しかったことはない』と涙《なみだ》を呑《の》んだという。

「うわあ……。その……お相手の人、なんていう紳士《しんし》なの？」

「わからないわ。今朝、お父様のお話を聞いてる途中《とちゅう》でくらくらしてきて……」

それで朝早くに、ここに避難《ひなん》して来たわけだ。

「なるほど。きみは美人で親切だし、縁談がうまくいっちゃうかもしれない」

オズは心からそう思って言った。ドロシーや、気のいいリドル家が魔法使《まほうつか》いのオズ一家と町人の架《か》け橋になってくれたから今の温かい環境《かんきょう》がある。他《ほか》の町ではそうもいかないのだ。

「実はね、もう一つ問題があるのよ。お見合いの日、一週間後の週末に決まっちゃったの」

「！　随分《ずいぶん》近いじゃないか。王都への旅程を考えると、今日にでも出立しないと」

「そうなのよ……でも、オズ覚えてる？　三ヶ月前の私が、あなたにも手伝ってもらって死に物狂《ぐる》いで手に入れたプレミアチケットがあることを……」

そこまで聞いて、オズは「あ」と声を上げる。

王都で、リカルドの伝記がまた一冊、豪華《ごうか》俳優陣《じん》で舞台化する。それの抽選《ちゅうせん》会に、「推し活動は相互扶助《そうごふじょ》」の精神でオズも一緒《いっしょ》に参加して手伝ったのだ。

そして、それが無事に当選している。

嫌な予感にオズがたらりと汗《あせ》を流したところで、ドロシーが叫《さけ》んだ。

「舞台、来週末なの。お見合いとドン被《かぶ》り。しかもよ、リカルド様がっ……挨拶《あいさつ》しに登壇《とうだん》なさるのが急遽《きゅうきょ》発表されたのよぉ……！」

「なんだって!?」

そんな事は今まで一度もなかった。もしフィリックスだったら……と考えるだけで興奮してくるほどの大事件だ。

オズは驚《おどろ》きと羨望《せんぼう》以上に、応援《おうえん》の気持ちを込めて重々しく頷き、ドロシーの肩に手を置いた。

「わかった。ドロシー、引き受けるよ。同じ穴の狢《むじな》として気持ちは痛いほどわかる」

「ああオズ、面倒《めんどう》を押し付けて本当にごめんなさい。なんてお礼をすればいいか」

ぽろぽろと涙を流し始めた彼女に、オズはふっ……と覚悟《かくご》を決めた顔で笑った。

「いいってことさ。きみにもリドル家にも、お世話になりっぱなしだもの」

これで少しは彼らに恩返しできる。そう思うと、いっそ簡単すぎる仕事だ。

その日の夕方、出立前にリドル家は一丸となって、オズに『お見合いをぶっ壊《こわ》してほしい』と哀願《あいがん》した。絶対に望まぬ結婚をさせてなるものか。

そうして、二人は馬車に飛び乗って王都へ急ぎ——ホテルでドレスに着替《きが》え、あまりに美しい仕上がりに呆然《ぼうぜん》としたというわけだった。

＊

「こ……ここが、お貴族さまの邸宅《ていたく》……？」

オズは、目の前に聳《そび》える幽霊屋敷《ゆうれいやしき》にくらりと眩暈《めまい》がした——。


心臓がバクバクしている。

あれこれ理由をつけて道中でお迎《むか》えの馬車を止めさせ、一時間も遅刻《ちこく》した罪悪感があるからだ。もちろん、第一印象を最悪にするための作戦だ。

いざ到着《とうちゃく》してみたら、屋敷は想像と全く異なった。王都の南の端《はじ》っこ、長閑《のどか》な郊外《こうがい》にポツンと建つ邸宅は広大な敷地《しきち》を有しているようだったが、荒廃《こうはい》している。元は綺麗《きれい》な装飾《そうしょく》が施《ほどこ》されていたはずの鉄門は錆《さ》び、壁《かべ》の顔料は剝《は》がれ、アプローチの石畳《いしだたみ》には雑草が生えていた。

（なんか……こんなところに住んでるって相当の貧乏《びんぼう》貴族なのでは……）

馬車から降りる時、御者《ぎよしや》は恭《うやうや》しく手を取ってくれたが、門番や出迎えの家令すらいない屋敷が果たしてあるだろうか。今だって、若いフットマンではなく白髪《しらが》の御者が先導している。

「旦那様《だんな》がお待ちです。先程《さきほど》主人に伺ったところ、良い天気ですので裏の庭園でランチを、と」

「はあ、お庭……あ、というかもうお茶の時間ですよね。遅《おく》れてすみまっ……」

謝罪しかけて、急いでオズは口を押さえた。危ない。好感度を下げる作戦なのに。

しかし、道中面倒をかけたはずの御者の老人はニコニコしている。いっそ不気味だ。

「あちらでございます」

そう、手で示された木の柵《さく》の向こう、真っ白いテーブルセットの前、ぽつねんと座る紳士の背中を見つけた。

（あ、いる。出迎えもなしに、しかもこっちに背中向けて座ってる）

ということは、遅刻したオズに怒《おこ》っているのではないだろうか。これはいい滑《すべ》り出しだ。このまま最悪な女を演じ切ろう。

そう思って、オズが一歩踏《ふ》み出した時だ。

……にゃあんと可愛《かわい》い声と共に、オズの目の前を黒猫《くろねこ》がおぼつかない足取りで横切った。

「うわっとお、危ない！　アッ」

「にゃ？」

ズサーッと剝《む》き出しの土に転んだ。次の瞬間《しゅんかん》には、オズの視界には草があった。さらには生暖かく湿《しめ》った感触《かんしょく》が鼻先に。ざらついたそれが猫の舌だと分かり、オズは安堵《あんど》のため息をついた。先程の黒猫は無傷らしい。心配そうにオズの鼻を舐《な》めてくれるのだ。

「あーよかった、蹴《け》っちゃうところだった。怪我《けが》はなかったかい、おまえ」

ニコニコしながらオズが猫に手を伸《の》ばす。猫も嬉《うれ》しそうに額を擦《こす》り付けた。飼い猫だろうか。と、土まみれで和《なご》んでいる時だった。

「……何をしている」

――地を這《は》うような低い声は、思いのほか若かった。

考えるまでもなく分かった。見合い相手の男のものだ。

「あっ。す、すみません」

思わず謝ってしまう。謝罪は好感度アップにつながりかねないから禁止ワードにしていたのに、声だけで伝わる圧が重かったのだ。

そうしてオズは、両手で大事に猫を抱《かか》えて動きづらいドレスを捌《さば》き、泥《どろ》を払《はら》って立ち上がる。

――顔を上げた瞬間、動揺《どうよう》と驚愕《きょうがく》が一緒くたになって腹の底から天に突《つ》き抜《ぬ》けた。

「ギャ――――――ッ！」

絶叫《ぜっきょう》に猫が毛を逆立て、オズの胸元《むなもと》からぴょんと飛び出して草間に消えた。バサバサと鳥が飛び立つ音がして、先程の御者や、庭にいた女中がなにごとかと駆《か》け寄ってくる。

しかし、オズはそんなものに構っていられなかった。

だって、いるのだ。

——目の前に、終生の推《お》しが。

「ふ、ふふふふ、フィリ、ックス……さま……？」

戦争の英雄《えいゆう》、白銀の死神、無二の剣聖《けんせい》、救国の騎士《きし》……そんな二つ名をつけられた彼は、眉《み》間《けん》に皺《しわ》を寄せて片耳を押さえながら、言った。

「いかにも、私はフィリックス・フェローズだが」

静謐《せいひつ》な声に応《こた》えるように、ざあ……と、屋敷を囲む森が揺《ゆ》れる。

その声は澄《す》んで——フィリックスを初めて見た在りし日と、変わらない響《ひび》きをしていた。

俯《うつむ》きかけたフィリックスのおもては真っ直《す》ぐに上がり、太陽の光を青の瞳《ひとみ》に宿してから視線を斜《なな》め下に下げる。オズの土がついた顔が彼の視界に晒《さら》されて、目が合うと息すらできない。

どく、どく、どく。心臓がうるさいどころではない。心臓が体のどこにあるのかはっきりとわかるほどに、ただ動揺を訴《うった》えていた。

風がフィリックスの髪《かみ》を撫《な》でた。服装はシンプルな青いシャツに白のスラックスだ。腰《こし》まで届く真っ直ぐの髪だって、簡易な服に合わせてただ背中で束ねただけだ。

それでも、風に靡《なび》くときらきらと陽光を弾《はじ》く。美しさはどうあったって隠《かく》せない。

そして、フィリックス以外に、人間でこんな綺麗な髪色の人はいないのだ。

（なんで、なんでなんでなんでっ……よりにもよってフィリックス様なんだ。ワーッ直視できない！　綺麗すぎる！　いっそ儚《はかな》くて、浮世離《うきよばな》れした妖精王《ようせい》みたいだ……美の暴力で目が耐《た》えられないっ……）

脳は高速回転、心の中は百面相だ。でも、表情には一切《いっさい》出さないよう留意した。今までの人生で、外での妄想中《もうそう》のニヤニヤを表に出さない鍛錬《たんれん》を積んできている。

そうして奇跡《きせき》の美貌《びぼう》を前に、したたかに混乱したオズが黙《だま》り込んでいたときだった。

冷たい微笑《ほほえ》みが、白皙《はくせき》の頰《ほお》に浮《う》かぶ。

「ハッ……それほどに嫌《いや》か。化け物との見合いは」

フィリックスが銀の髪をひと房《ふさ》とり、パッとぞんざいに離《はな》した。その顔にあるのは笑《え》み。しかし、明るい感情からくるものではない。

「……火《ふ》を吹く銀鱗《ぎんりん》の翼竜《よくりゅう》、人を狩《か》る人狼《じんろう》、死の歌声を持つ魚人。異形の彼らは文明と知性を持つ。人にすら化けて、セラ人に紛《まぎ》れて襲《おそ》う。剣で功を立てる度《たび》に、お前もそんな化け物なのだろうと何度も嫌みを言われてきた」

予想だにしていなかったセリフに、呆《ほう》けていたオズが我《われ》に返った。

「え、ば、化け物？」

「人を食う銀竜の鬣《たてがみ》と同じ髪だと、お前も言うのだろう。……泣き出すほど嫌なのも頷《うなず》けるさ」

フィリックスの顔に浮かぶのは自虐《じぎゃく》だった。

そう言われて、オズは「まさかっ」と頬を拭《ぬぐ》った。表情筋はコントロールできたはずが、涙腺《るいせん》はダメだったらしい。言わずもがな、これは感涙だった。

しかし、フィリックスはこう続ける。

「私は、剣のひと払《はら》いで百の異獣《いじゅう》を倒《たお》すことも、北の竜のように豪炎《ごうえん》を吐《は》くこともないがな。だがお前のような箱入りには、薄気味悪《うすきみわる》く見えて当然だ。私は殺すしかできないのだから」

そう言われて、オズはぽかんとした。最初は言葉の意味が分からなかった。

しかし、じわじわと脳が再稼働《さいかどう》するにつれ、オズの心に湧《わ》き出るものがあった。

それは、凄《すさ》まじい怒《いか》りだ。

「薄気味悪いですって？　それは違《ちが》います。奇跡を見たら泣いて喜ぶものでしょう！」

オズは憮然《ぶぜん》と言い放った。……口が勝手に動いていた。

目の前で推しが貶《おとし》められているという非常事態だ。それが、本人だとしても関係ない。

オズはグッと一歩踏み込み、拳《こぶし》を握《にぎ》って早口で捲《まく》し立てた。

「何が人食い竜ですか。何が不吉《ふきつ》ですか！　フィリックス様の髪は星の川のお色です。不吉どころか瑞兆《ずいちょう》です。それに、あなた様の剣は殺しの剣じゃない。数多《あまた》の人を守った救いの剣なのですよ！　だからそんなふうに言う人はご本人様でも許しませんよ、このぼっ……」

僕が、と言いかけて慌《あわ》てて口をつぐんだ。

目の前のフィリックスの腰が引けている。そうして、オズはざあと青ざめる。やらかした。

（い、今はドロシーの代わりだった……！　推し友と話してるわけじゃないんだぞ）

しかしすぐにハッとした。

（待てよ、僕ってかなり変なやつじゃないか？　だって遅刻《ちこく》した挙句にすっ転んで、いい感じに化けてた顔まで汚《よご》れてる。そんでフィリックス様にフィリックス様の良さを力説したんだぞ。よし、よし、絶対に結婚《けっこん》したくなるような御令嬢《ごれいじょう》ではないはずだ）

無理に口角を上げてそう言い聞かせた。きっとこれで、結婚レースからは外されたはずだ。

そこで、俯いたフィリックスがぽつりと言った。

「……娘《むすめ》よ」

オズは推しと視線を合わせるのに難儀《なんぎ》して斜め上に目を逸《そ》らした。膝《ひざ》はとっくに笑っている。

（帰れって言われるかな。もうひと押しかな。だめだまたドキドキしてきた。フィリックス様が目の前にいる。信じられない。ああ見たい、見たいけど見たら目が溶《と》ける……）

「娘……お前、いや。あなたの名はなんと言う」

「はい帰りまっ……え？」

今、なんと言われただろう。オズは思わずフィリックスの顔に視線を戻《もど》し、彼を見た。

「悪い。私はあなたの名前を失念してしまった」

フィリックスは、重いため息をついて眉間を揉《も》んだ。

「実は、見合い続きでな。ここ一ヶ月で二十人は会っている。一日に何人も会うことも珍《めずら》しくない。誰《だれ》も彼も、本邸《ほんてい》の父上から紹介《しょうかい》状と姿絵は送られてくるが、到底《とうてい》覚えきれないのだ」

仕事の採用面接か、とオズは心の中で思わず突っ込んだ。しかし、フィリックスは、どうしてまたこんなことをしているのだろう。

「あの……今までお会いしたお嬢様方で、お気に召《め》す方はいらっしゃらなかったのですか」

「いたらあなたを呼んでない」

その返答は吐き捨てるような言い様だった。まるで、はなから見合いにやる気がないような、諦念《ていねん》すら滲《にじ》ませた声音《こわね》で、表情も投げやりだった。

皮肉げにフィリックスが言った。

「……こんないい加減な男で幻滅《げんめつ》でもしたか。物語の私は、偶像《ぐうぞう》に過ぎぬ。実物はこれだ」

「あっ、ち、違います！　あの、ええと、救国の英雄様に私などが……さして美しくもない商家の娘などが馳《は》せ参じてお門違《かどちが》いだったなあと思って気後《きおく》れしてしまいました」

オズはこわばる笑顔で言った。

「私はリドル家のドロシーと申します。辺境の東の町で、病院事業や私貿易を行う一家の出でございます。貴族様方と異なり戦争にも出ていませんので、爵位《しゃくい》を賜《たまわ》りたい気持ちは毛頭ございません。骨の髄《ずい》まで市井《しせい》の小娘ですので、フィリックス様には到底《とうてい》釣り合わないかと……」

親友を散々に言うのは抵抗《ていこう》があったが致《いた》し方ない。ここで貴族社会に興味がないアピールをしておくことは大事だ。

そんなオズに、フィリックスが驚愕《きょうがく》に目を見開いてつぶやいた。

「――あなたは、爵位を求めないのか……？」

「ええ！　商家の若輩者《じゃくはい》が御家《おいえ》に馴染《なじ》めようはずもございません。赤恥《あかはじ》をかいてしまいますわ。知識や教養も、生まれ持った煌《きら》びやかさも、貴族様がたとは雲泥《うんでい》の差ですもの」

オズは、ドロシーごめん、と美人で金持ちで勉強熱心な友を思い浮かべながら、ペコペコと令嬢らしからぬ仕草で頭を下げた。なるべく情けなく見えてくれることを願いながら。

そのとき、思いのほか服が汚れていることに気がついた。薄桃色《うすももいろ》の繊細《せんさい》なレースは、石に引っ掛《か》けてしまったのか裂《さ》けている。一層ドロシーに申し訳なかった。

「あ……」とオズが落ち込んだ理由を、フィリックスは察したのだろう。彼は言った。

「この家にはあなたの着替《きが》えになるようなものなどない。庭をろくに整えもしない放埒《ほうらつ》者の住処《すみか》だからな。その上、男一人で暮らしている。その服で我慢《がまん》しろ」

オズは目を丸くした。なぜ、さきほどからフィリックスは自らを貶めるのだろうか。一方、オズも負けてはいなかった。彼は、息を吸うように推しを賛美する生き物だから。

「放埒者だなんてとんでもございません！　今は太平の世とはいえ、戦後は戦後。フィリックス様は戦時の厳しさや国境の困窮《こんきゅう》をご存じだったからこそ、このように華美《かび》ではないお暮らしを選ばれているのでしょう。浮《うわ》つかないご姿勢、心から敬服いたしますわ。それに、ドレスは繕《つくろ》えば全然着られますし――アッ……」

グッと拳を握って胸の前にかざした。しかし言ってから、また悪癖《あくへき》が出てしまった、とオズは青ざめたが、出した言葉は戻らない。

オズを見下ろすフィリックスがパチクリと目を瞬《しばたた》く。

「ドレスを繕う……？　新たに仕立てるのではなく、か？」

シンとした途端《とたん》、春の風が二人の間を柔《やわ》らかく通り抜《ぬ》ける。

おもむろに薄《うす》い唇《くちびる》を開いたフィリックスは、こくりと喉《のど》を鳴らしてから小さく言った。

「服の件は、悪かった。私の猫《ねこ》は片足を怪我《けが》しているから、あなたが身を挺《てい》して避《さ》けてくれなかったら危なかった」

「え？　あの」

「この子だ。……おいで」

フィリックスが地面に片手を近づける。すると、先程《さきほど》オズの叫《さけ》び声で逃《に》げ出した猫がよろよろとやってきて、彼の長い腕《うで》によじ登った。たしかに、後ろ足の動きがぎこちない。

「私がこの家に越《こ》してきたとき、彼が先に住み着いていた。……不吉な黒猫と、不吉な銀髪《ぎんぱつ》が同じ屋根の下に暮らしている。それだけで笑い種《ぐさ》にする者も城内にはいるがな」

ほんの一瞬《いっしゅん》、彼の表情が緩《ゆる》んだのは気のせいだろうか。猫を見る目は、オズに向けられるものより遥《はる》かに柔らかい。

「この子だけが私の家族……の、ようなものだ」

　フィリックスの口調は淡々《たんたん》としている。しかし、腕の中でくつろぐ黒猫を撫《な》でる指先の、なんと優《やさ》しげなことか。

　そうして、フィリックスはオズに浅く頭を下げた。

「ありがとう。この子が怪我をしなくてよかった。服を汚してしまったが……」

「え、ええええ！　なんでフィリックス様が頭を下げっ……じゃない、頭をお上げください」

　オズは驚《おどろ》いてざざっと後ろに下がった。精神衛生上、これは非常にまずかった。「取るに足らない庶民《しょみん》の自分なんかとこんなに長く会話してくれるフィリックス様」という時点で違和感《いわかん》が凄まじいのに、推《お》しに頭を下げさせるだなんて、応援《おうえん》する者の風上にも置けない。

「あっ、あの、私の方こそ謝らなくてはいけません。私、一時間も遅刻したんですよ」

　オズは言った。しかし、すんとした真顔のフィリックスは鼻を鳴らして言う。

「遅刻の理由はさきほど御者《ぎょしゃ》から聞いた。その件に関して、私は納得《なっとく》している」

　そういや、例の御者は屋敷《やしき》に着いたときに「主人に事情をお話ししてきます」と、幽霊屋敷《ゆうれい》に圧倒《あっとう》されたオズを置き去りにしたのだった。その間、一体何をどう説明したというのだろう。

「でも、今日だってお見合いの予定が山盛りなんでしょう、後ろがつっかえてしまっているのでは？　私なんかは捨て置いて、貴族のお嬢様方とご歓談《かんだん》されてはいかがです」

　オズはただ、心臓が壊《こわ》れる前になるべく早めに決着をつけたい一心だった。しかし、その言葉にフィリックスの声が一段低くなる。

「……他《ほか》の女と、だと？」

何故《なぜ》か不機嫌《ふきげん》そうな声に狼狽《うろた》えるオズに、フィリックスのきっぱりとした声が届く。

「ドロシー」

「ひゃいっ」

自分の名前じゃなくてよかった。オズと呼ばれていたら心臓が止まっていたところだ。

「あなたの言うように、今日も私は、もう一件見合いの予定がある」

「あ、は、はい……？」

「だから、あなたの望む通りさっさと済ませよう。謝罪はもう十分に聞いたから」

もう話すことはない、と、フィリックスはオズに背中を向けて庭に歩き出した。「望む通り」と強調したフィリックスの声が拗《す》ねていたのは気のせいだろうか。

（ああいっそ、もっと破天荒《はてんこう》な感じにすればよかったのかな）

例えばタメ口や、罵倒《ばとう》したりなどの案も打ち合わせでは出たのだ。しかしやりすぎると、商《あきな》いをするリドル家の信用がガタ落ちし、悪評が立つかもしれない。それではさすがに困る。

さらに今となっては、フィリックスを邪険《じゃけん》に扱《あつか》うのが難しいという問題まで浮上《ふじょう》している。

厳しい戦いになってきた、とうなだれたオズはのろのろと顔を上げた。

前を行くフィリックスの脚《あし》があたりまえに長い。広い背中もうっとりするほど美しい。馬を駆《か》る者特有のしゃんと伸《の》びた姿勢が目を引くのだ。

（……とにかく、鼻血出して倒《たお》れるみたいなことだけはしないように）

いくらお見合いぶち壊し計画とはいえ、推しには綺麗《きれい》なものだけ見ていてほしい。だから、間違《まちが》ってもそんな見苦しい姿を晒《さら》すわけにはいかない。

貴族の邸宅《ていたく》、それも広々とした片田舎《かたいなか》のカントリー・ハウスの庭と言ったら多くの人は完璧《かんぺき》に整えられた花園《はなぞの》と、小池や木立を思い浮《う》かべるだろう。だが、その庭は一風変わっていた。一面に広がるのは、生え放題の雑草だ。定番の薔薇《ばら》もカメリアもなく、童話のような小道も、飾《かざ》りの石像もない。庭の端《はし》には、サンルームから延びる石敷《いしじ》きに庶民が使うような簡素なテーブルがあった。それこそ、本物の令嬢が見たら顔を顰《しか》めるだろう。

しかし、オズはそんなことに気づきもせずに、庭を一望して感嘆《かんたん》した。

「わあ……ここ、森の植生と近いのですね！」

くるりとフィリックスを振《ふ》り返ったオズの目は、爛々《らんらん》と輝《かがや》いていた。

王都に来てたった数日でも、どこもかしこも石が敷かれていて、故郷の春の青い香《かお》りが恋《こい》しくなっていたからだ。

オズは土に踏《ふ》み出し、しゃがみこんで夢中になった。

「ふふ、たんぽぽだ。春は野の花も華《はな》やかになりますからね。あ、これは食べれるやつだ！いいなあ、王都は東よりも暖かいからか、薬草もたくさんある。都は案外土がいいのかな」

一人できゃっきゃと草花を見ていたオズの背後に、驚愕した声が降ってきた。

「あなたが、草を食べるだと……？」

フィリックスだ。それにハッとして、オズは閃《ひらめ》いた。

（ここでケチを強調しておけば、貴族の皆《みな》さんとのあまりの差にフィリックス様も引いてくださるのでは……！）

そうしてオズは言い放った。

「ええ！　これなんか潰《つぶ》すと苦みがいい塩梅《あんばい》で川魚に合うんですよ。ああ、都の方はきっと川《かわ》釣《づ》りなんてなさいませんね。でも、お肉はあんまり高くて買うのを躊躇《ためら》ってしまいますわ」

でも、悲しいかな、全部本音だった。正直肉は好きだ。育ち盛《ざか》りの十六歳男子なのだから。

でも、リドル家の食事に誘《さそ》われた時しか食べない。川で無料のタンパク源が獲《と》れるのだし、余ったお金は推し活資金に充《あ》てたい。

貴族はきっと領地の畜産《ちくさん》家からいい肉を仕入れるのだろう。その辺の草や魚など、食べられたものではないはずだ。きっと、彼らとかけ離《はな》れた生活をしているオズに驚いてくれる。

そう思ったのに、平然としたフィリックスが庭に歩んでくるではないか。

（えっなんで。うわ近い、近い近い近い、いい匂《にお》いする……！）

そして、彼はオズの横にしゃがみ込んで、草花を指さしていった。

「あなたの言う通りだ。これは食べられる」

「んえっ……え？　あ、はい、食べれます。え？　ご存じでいらっしゃる？」

「ああ。戦時下では、兵糧《ひょうろう》がどうなるか分からなかった。だから、自然界で食べられるものを勉強したのだ。皆を率いる将として学ぶ必要があるだろう」

そう言われて、オズは理解した。彼は、五年前の戦時中に全騎を率いた総帥《そうすい》なのだ。

「それに、幼い頃《ころ》は毒のない草花が命綱《いのちづな》でもあった……」

「え……」

ぽつりと呟《つぶや》かれた言葉に、オズが目を見開く。公爵《こうしゃく》家の子として何不自由なく育てられたはずなのに、なぜだろう。しかし次の瞬間《しゅんかん》、そんな疑問を吹《ふ》き飛ばすことが起きた。

フィリックスがオズを見て、ふっ……と笑ったのだ。

ドカンと爆発《ばくはつ》音がした。

オズの心臓である。

「――！」

声なんか出なかった。けれど、オズの全身が弾《はじ》け飛んだ錯覚《さっかく》があった。微々《びび》たる魔力《まりょく》がぶわりと身体中を駆《め》け巡《ぐ》り、厚い布の下で赤い筋――魔法使《まほうつか》いが体に持つ魔脈《まみゃく》が熱を持つ。興奮のあまり、その指先から溢《あふ》れ出た力の雫《しずく》が、野花の蕾《つぼみ》に触《ふ》れてしまったらしい。

白く可憐《かれん》な花が、オズの足元でふわりふわりと開花していくではないか。

「アッしまった漏《も》れた！」

オズが短く叫んだ。

「ん？　ああ、ステラリア……はこべが咲《さ》いたのか。よく晴れているからかな」

「これっ違《ちが》うんです、ええと、偶然《ぐうぜん》で」

「綺麗だな」

フィリックスの顔に、オズの不思議の力を疑う様子はない。

代わりにあったのは、先ほどと変わらない微笑《ほほえ》みだった。だがしかし、解《げ》せない部分がある。

（き、綺麗なのは花の話だよな。なんで僕を見る。僕を見てそんなことを言うな、言わないで、言わないでください綺麗だなんて！）

言葉を失ったオズは、頬《ほお》が真っ赤に染まっていく。汗《あせ》が滲《にじ》んできた。フィリックスに見つめられる日が来るだなんて、想定していなかったのだから当たり前だ。

しかし、その時。

ふわふわした生暖かい空気に合わない音が一つ鳴り響《ひび》いた。

ぐう～るるる……。紛《まぎ》れもない、オズの腹の虫だった。

「ひいっなんでっ」

なんでも何も、昼時をとうにすぎていて、転んだり興奮したりで体力を使ったからである。

そんなオズを見て、フィリックスがハッと我《われ》に返る。そうして笑《え》みを引っ込めて立ち上がり、さっさと歩いて女中たちに声をかけた。

「食事にしよう。給仕《きゅうじ》を頼《たの》む」

残されたオズも慌《あわ》てて立ち上がって、彼を追った。

恥《は》ずかしくてたまらなかった。けれど盛大な腹の音は、結婚《けっこん》レースから大きく外れる一因となってくれるだろう。そう信じて、フィリックスの後ろに駆け寄った。

しかし、オズは気がつかなかった。

――背を向けたフィリックスが、堪《こら》えきれない笑みを押し殺していることに。

＊

食事はつつがなく終わり、一生に一度の推《お》し邂逅《かいこう》ハプニングは幕を閉じる、はずだった。

「今なんて」

オズは、デザートにがっついていた手を止める。力の抜《ぬ》けた指先から、からんと音を立ててスプーンが落ちた。

「だから、私はあなたと――」

言葉を紡《つむ》ぐフィリックスは、真剣《しんけん》な眼差《まなざ》しをしていた。

――王都の一等地に建つ瀟洒《しょうしゃ》なホテルからは、高台に聳《そび》える女王の城が見える。その最上階はスイートルームに、勢いよく駆け込む一人のレディがいた。

「どうしようドロシー僕大変なことになっちゃった！」

半泣きのレディ──オズは、帰還《きかん》を待ち構えていたドロシーにわあっと泣きついた。

それを抱《だ》きとめたドロシーは、演劇帰りだというのに顔がげっそりしている。

「あなた、今なんて言った？　お、お見合い相手が、どなただって……？」

ドロシーは聞き間違いを疑って震《ふる》える声で何度も聞き返したが、その度《たび》にオズは、推しの尊名を口にした。言う度に胃が締《し》め付けられるようだった。

「……もしかして、同姓同名《どうせい》が都にいる……？」

「ちっがうよ！　あの救国の騎士《きし》様だよ、白銀のフィリックス様だよ！」

──オズと同じに現実を受け止められないらしいドロシーが、ふらりとソファに倒《たお》れ込んだ。

あの後、遅《おそ》めのランチがスタートした。オズは終盤《しゅうばん》にいくにつれ、正気を保つのに苦心した。厳しい表情で出迎《でむか》えたはずのフィリックスの顔から、なぜだか険が無くなっていったからだ。

オズは窮屈《きゅうくつ》なドレスを半端《はんぱ》に脱《ぬ》ぎ、ぐったりとソファに身を投げ出してドロシーに言った。

「あのね、出されたご飯がものすごく美味《おい》しくてめちゃくちゃに食べたんだ。正直なんべんおかわりしても足りなかったし、こんな女嫌《いや》だろうって思ったのに、でも」

フィリックスは無言で見守り、女中たちは心底嬉《うれ》しそうにおかわりを持ってくる。最終的にはキッチンメイドまで厨房《ちゅうぼう》から出張ってやってきて、オズにこう言った。

『まっとうなシェフもいないお屋敷《やしき》ですのに、私めの田舎《いなか》料理をこんなにも喜んでくださるお嬢様《じょうさま》は初めてでございます』

恰幅《かっぷく》のいい彼女は感涙《かんるい》していた。しかし、オズにはシェフが作るものと田舎料理との区別がつかない。これ幸いと思い、オズは教養のないことを主張してこう言った。

『申し訳ありません。なにぶん、都の食文化に疎《うと》いもので……』

オズはちぎりもしないでパンにかぶりついた。流石《さすが》にわざとらしかったかと思いもしたが、こんな令嬢はどこに出しても恥ずかしいだろう。お見合い台無しチャンスを摑《つか》んだとほくそ笑んだのに、彼女はかごからどっさりと焼き立てのパンを出して言うではないか。

『なんの、美味しく食べてくださるのが一番です。おかわりはたくさんございますよ』

それに、フィリックスが追い討《う》ちをかけた。

『都は華《はな》やかでも、セラは未《いま》だ貧しい。街道《かいどう》が整いきらない農村部など、特にそうだ。ほとんど他国と交流がないのだから、食料を作ってくれる百姓《ひゃくしょう》こそ国の要《かなめ》だと言うのに……なのに、貴族連中は苦労もわからず食事を残す。実家の者らもそうだった』

彼の顔は苦渋《くじゅう》に満《み》ちていた。そんなフィリックスを見つめていると、白く長い指が対面から伸《の》びてきた。頰についたパン屑《くず》をとってくれたのだと気づいた時には、彼の手は離れていた。

『でも、あなたの食べっぷりは見ていて気持ちがいいな』

——オズはわあっと頭を搔《か》きむしって言った。

「ほんとに、ただ食欲《しょくよく》に負けただけだったんだってば！」

「……そうね。あなたいっぱい食べるもの。でも、他《ほか》にもやらかしてくれたんでしょう？」

そう言いつつも、ドロシーの目が死んでいる。猫《ねこ》を助けて転んだくだりから、嫌《いや》な予感は増すばかりなのだろう。

「やったよ！　精一杯《せいいっぱい》やった。でも全部空回りした」

食事中、フィリックスがこう言った。

『……あなたはなぜ、私との見合いに応じた。そんなに乗り気ではなさそうだが』

オズは困ってしまった。ぶっ壊《こわ》しにきたとは言えないからだ。しかし、その様子に何かを勘《かん》違《ちが》いしたフィリックスが、またも、皮肉げな笑みを浮《う》かべて続けるのだ。

『フェローズ家の長男は私だが、今は隠居《いんきょ》の身。騎士団長は弟で、城に居所もない。だからあなたが私と婚姻《こんいん》しても、城内政治や婦人会に顔を出すことは厳しいだろう』

そこで、オズは言い放った。

『あ、政治に興味は全くございませんし、王城がどうなろうと私には関係ありませんわ』

フィリックスが『なに？』と怪訝《けげん》な顔をした。しめた！　と思った。この、国の地盤《じばん》が固まりきっていないセラ国で『政治に興味がない』と臆面《おくめん》なく話す貴族がいたならば、役目放棄《ほうき》のうつけ者である。オズは好機だと思い、言い連ねた。

『それよりも、目の前の明日《あした》のことが心配です。毎日、やることがとにかく多くてですね』

推し活のことである。大変なのだ、人気の作家が出すフィリックス本を初版で手に入れることも、人気の画家が描《えが》く多様なシチュエーションの姿絵を買うことも。都まで遠征《えんせい》しなくてはならない時など、ドロシーと膝《ひざ》を突《つ》き合わせてスケジュール調整をする。国境の町には、オズの魔法《まほう》を頼《たよ》りにしてくれる人も多いから仕事を好き勝手に断るのも気が進まないのだ。

『手が届く範囲《はんい》の仕事で精一杯でございます。……だから王政は私の領分ではなく、人には人の分があると考えておりますので、まかり間違《まちが》って大貴族のフェローズ家に入ってしまっては場違《ばちが》いにも程《ほど》がありますわ』

ここまで言えば問題ないだろう。そう思って、オズがフィリックスの顔を見た時、彼は毒気を抜かれてぽかんとしていた。そうして、こう言った。

『本当に無欲《むよく》な方だ。……先程、爵位《しゃくい》を望まないと言ったのは本心だったのか』

『えっ？　あ、あの、望まないというか、私には田舎暮らしがちょうどよく……』

『かように美しいご婦人の口から、こんなに謙虚《けんきょ》な言葉を聞こうとは』

フィリックスが言うと、遠目に二人の席を見守っていたらしい御者《ぎょしゃ》がやって来た。この老人は、ただ馬を扱《あつか》う者にしては所作が流麗《りゅうれい》だ。まるで、家令か執事《しつじ》のようですらある。

その彼が、すっとフィリックスの椅子《いす》の横に立ち、腰《こし》を曲げて言った。

『フィル坊《ぼっ》ちゃん……いいえ、旦那《だんな》様。私めが申し上げた通りでございましょう。この方は道中で、多くの方をお助けなさいました。そのため一時間ほど遅《おく》れてしまったのです、と』

その彼のセリフに、オズは内心で（あれかーッ！）と絶叫《ぜっきょう》した。御者はニコニコしながら、オズを見た。

『あなたは大通りにいた迷子の幼児を母親に引き合わせ、転んだご老人の杖《つえ》となって病院まで道案内し、八百屋が下り坂に落とした果物を拾い集められた。そのようなご親切を、とがめようはずもございません』

フィリックスが、せっかくの遅刻《ちこく》に一切《いっさい》怒《おこ》っていない風だった謎《なぞ》が解けた。

『こちらのお嬢様は、まるで魔法のようになにもかもを解決してみせたのですよ』

ただの職業病だ。それに、魔法のようにではない。魔法使いが忌避《きひ》される首都で危険なことだが、ついクセで密《ひそ》かに魔法を使ったのである。

時間を破られることは貴人の面子に関《かか》わる。しかも、庶民《しょみん》を優先したのだ。だから、誇《ほこ》り高い公爵家の男は激怒《げきど》すると思ったのに、フィリックスは眩《まぶ》しそうに目を眇《すが》めてオズに言った。

『あなたのような御令嬢《ごれいじょう》には出会ったことがない』、と。

思い出しただけで頭まで痛くなる。オズは必死に言った。

「迷い子のお母さんの居場所を探《さぐ》るなんて、追跡魔《ついせきま》法《ほう》でいつもやってることだ。病院の場所はなんとな〜く精霊《せいれい》に教えてもらっただけだし、果物が坂を転がっていくのも魔法で一瞬《いっしゅん》止めただけなんだよ。溝《みぞ》に落ちそうでもったいなかったんだよ！　ほんとに、いつもやってる雑用で時間を浪費《ろうひ》してやろうと思っただけだったのになんでそうなるんだよ」

オズの話を聞いて、ドロシーは頭を抱《かか》えた。

「そうね、たしかにいつも、あなたに頼《たの》んでるお仕事だわ。……そして残念ながら、貴族が好むかどうかは置いておいても……すごくいい子がする行動なのよね」

「追い討ちをかけるなァ！」

わしゃわしゃと、今日のために肩《かた》の下まで魔法で伸ばした黒髪《くろかみ》をかきむしる。

（これだけじゃない。これだけじゃないんだ、僕の失敗は……！）

ここから話すことが、一番の問題だった。ドロシーがどれだけ落胆《らくたん》するかと思うといっそ隠《かく》してしまいたくなるが、そうもいかない。

オズは、ソファに座りなおして男らしく膝に両手をつき、がばっと頭を下げた。

「ドロシー、本当にごめん」

彼女の返事はない。戸惑《とまど》った声もない。もしかしたら、察しがついているのかもしれない。

オズは、泣きそうな声で言った。

「僕ッ……フィリックス様に求婚《きゅうこん》されました……」

そう言った途端《とたん》、「ひゅっ」と息が詰《つ》まる音がした。

次の瞬間《しゅんかん》、はらりとハンカチが絨毯《じゅうたん》に落ちた。ドロシーが握《にぎ》り込んでいたものだ。優美なレースが宙を舞《ま》う様子が、オズの目にはいやにゆっくりとして見えた。

――その言葉を紡《つむ》いだ時のフィリックスの声は、僅《わず》かに震えていた。

食事の終盤《しゅうばん》、彼は真っ直《す》ぐにオズを見て唐突《とうとつ》に言った。

『私はあなたとの縁談《えんだん》を進めたい』

オズは、デザートにがっついていた手を止める。力の抜《ぬ》けた指先から、からんと音を立ててスプーンが落ちた。

『私はあなたと――結婚《けっこん》したいと考えている。約束通り、すぐにでもここに越《こ》して欲しい。数日後には屋敷に部屋を整えよう。これから私と暮らしてはくれないか』

言葉を紡ぐフィリックスは、真剣《しんけん》な眼差《まなざ》しをしていた。

『けっ……けっこ……け、けこっ……』

オズの脳は処理落ちして、喉《のど》からは鶏《にわとり》のような異音を漏《も》らすしかできない。しかし、背後ではしずしずとふるまっていた女中たちが大喜びの歓声《かんせい》を上げるではないか。

『やりましたわ！　私、絶対にドロシー様がぴったりだと思っていましたの』

『テーブルにお水をこぼした時も労《いたわ》ってくださった……寛容《かんよう》なお方だわ』

きゃいきゃいと話す彼女らを咳払《せきばら》いで黙《だま》らせたのは御者だ。否《いな》、白髭《しらひげ》を蓄《たくわ》えた彼はもはやただの馬係りではないとオズも察してはいた。

『これこれ、みなさん。いくらメイド歴が浅いからと言っても、騒《さわ》ぐのはマナー違反《いはん》ですよ。……私めも、燕尾服《えんびふく》すら着ない家令ではマナーに則《のっと》っているとは言い難《がた》くはございますが、旦那様は倹約家《けんやくか》でいらっしゃる。これが、フェローズの一の君のご方針でございます。ご容赦《ようしゃ》くださいませ、未来の若奥様』

『……ワカオクサマッ⁉』

言葉の意味すら理解するのに手間取って、オズは素《す》っ頓狂《とんきょう》な声を上げた。

そこに、一人の男の大笑いが響《ひび》き渡《わた》った。

『くっくく……あっはっはっはっはっは！』

フィリックスだ。彼は、今度こそ堪《こら》えきれずに大声を上げて笑ったのだ。

『フィル坊ちゃんが笑った……』

御者、もとい家令があんぐりと口を開けた。女中たちもびっくりして固まっていて、しかし誰《だれ》より状況《じょうきょう》についていけていないのはオズだった。

若奥様。結婚。それに……。

『約束通り、ここに住む……？』

呆然《ぼうぜん》としたオズに、未《いま》だ笑いを噛《か》み殺すフィリックスが言う。

『なんだ、忘れていたか？　我が父上は早急な結婚をお望みでな。顔合わせが済んだら同居まで進める、という条件でこの話がいったはずだが』

そんな話は全く聞いていない。なぜなら、うまくいかせるつもりはオズもドロシーも毛頭なかったからだ。オズは『あの、あの』と狼狽《うろた》えるが、使用人らは当然とばかりに笑顔《えがお》で見守る。

『私は父の方針に反対していた。先程まで、疎《うと》ましくすら思っていたが……今では、そうは思わない。あなたと話していると、時間が飛ぶように過ぎていくから』

爆笑《ばくしょう》から子供のような笑みに変わる。痛々しい嘲笑《ちょうしょう》とも違《ちが》って、二十五歳という若さが覗《のぞ》く、それは魅力《みりょく》的な笑顔にオズが息を呑《の》んだ。

どんなに状況が混沌《こんとん》としていても、推《お》しの笑顔なんてものを見たら思考が止まる。

ぼーっと見とれていると、黙り込んだオズにフィリックスが立ち上がった。

そうして彼は、オズの座るガーデンテーブルの横にやってくる。次の瞬間には、あろうことかタイルに膝をつけて跪《ひざまず》いて、オズの手を取ったのだ。

『ドロシー。出会いの僥倖《ぎょうこう》に喜んでいるのは、私だけだろうか。あなたはやはり、私との見合いに興味がないと見受けられる』

夢見心地だったオズは抜けた魂《たましい》を捕《つか》まえて体に押し戻《もど》し、フィリックスの大きな両手に包まれた己《おのれ》の片手の温《ぬく》もりに気がついて『ひっ』と悲鳴を上げた。

しかし、触《ふ》れ合いに動揺《どうよう》してもいられない。

フィリックスの長く濃《こ》い銀の睫毛《まつげ》が伏《ふ》せられて、頬《ほお》に影《かげ》を落としている。彼は手を離《はな》さないまま、消沈《しょうちん》した声でこう言った。

『……私のような者と暮らすとなると、あなたの息が詰まってしまうだろうか』

無意識なのだろう。オズの手を取る指先に力がこもっている。

断らなければいけない。そう思うのに、オズは胸が痛んで言葉が出ない。

なぜだかわからないけれど、フィリックスは自分を下げる発言ばかりする。それはオズを試《ため》しているのかもしれないけれど、でも、本心だったように思うのだ。

（この人は素晴らしい人だ。……フィリックス様のおかげで国が、いいや、僕自身が前を向いて生きてこられた）

オズの脳裏《のうり》に、戦時中、そして戦後の記憶《きおく》が駆《か》け巡《めぐ》る。ただドロシーと「推しが推しが」と騒ぐのも楽しかったけれど、それ以上に——。

そう思った途端に、無意識に口から言葉がぽろりとこぼれ落ちた。

『いいえ。……いいえ、フィリックス様のお近くにいて、これ以上の光栄はございません』

大好きで憧《あこが》れで、尊敬している人にこんな顔は似合わない。そう思ったオズは、ただ必死だった。

『だからどうか、そんなことをおっしゃらないで。私はフィリックス様とこうして出会えて、とても幸せでございます』

そう、言い切ったあと。フィリックスの瞳《ひとみ》にくるりと光が灯《とも》り、きらきらと輝《かがや》き出す。

今度こそ使用人たちは『おめでとうございます』と合唱し、フィリックスはグッとオズの手を取って立ち上がり、黒い大きな瞳を見つめて言ったのだ。

『私の方こそ光栄だ。……あなたが来るまでに、この屋敷《やしき》を少しはマシにしておく』

その笑みが、とろけるように優《やさ》しかった。

――そこまで話したオズは深々と頭を下げ直し、震《ふる》えるドロシーの声を受け止めた。

「ま、まって、まってあなた、結局プロポーズに頷《うなず》いたの……？」

「違うッ！　そこはきっぱり言ったよ。僕は到底結婚《とうていけっこん》するつもりじゃなく、お父様もぶっちゃけ断りきれなかったって言った。そしたらフィリックス様は意図を汲《く》んでくださったんだ」

フィリックスは困ったように笑った。『そうだな。互《たが》いによく知らないわけだし、あなたの戸惑いもわかる。我が父は色々と面倒《めんどう》だからとりあえず状況を伏せて、御家《おいえ》のご当主には、我《われ》らの無理強《むりじ》いを詫《わ》びる手紙を出そう』。そう言って、名残惜《なごりお》しそうにオズの手を離したのだ。

そうしてオズが安堵《あんど》したところに、家令が額に指を当てて弱々しく言った。

『ドロシー様は稀有《けう》な方です。旦那《だんな》様がこんなにも楽しそうに女性とお話しなさるだなんて』

『お、お褒《ほ》めに与《あずか》り光栄ですが』

良心を痛めながら断りを入れるオズを許さず、ずいと顔を寄せた家令は言った。

『無理に結婚を、とは申しません。私が口出しできるお話でもないでしょう。しかし、この短い時間で手放すにはあまりにもったいないご縁《えん》かと存じます。……どうか、王都観光のおつもりでこの春はお屋敷に滞在《たいざい》なさってはくださいませんか。まだ互いによく知らないでしょうし、ご友人としてでも、親睦《しんぼく》を深めてみて損はございませんでしょう』

家令のしゃんと伸《の》びていたはずの背中が、いつの間にか老人らしく丸まっている。そんな人を前に、きっぱりと断るのは忍《しの》びない。

オズは困って、フィリックスをチラリと見た……ことが、運の尽《つ》きだった。

（うわ、フィリックス様ってこんな顔するの……？）

彼は完璧《かんぺき》な美貌《びぼう》に、まるで捨てられた犬のような表情を浮《う》かべていたのだ。オズと離れるのが残念で、寂《さび》しいと書いてあるかのような。でも、彼はただ『無理は言えないから』と、視線をそらして薄《うす》く微笑《ほほえ》むのみ。オズは罪悪感すら湧《わ》いてくる。

そうして、ぎゅっと両手を握《にぎ》ったオズは二人に負けてこう絞《しぼ》り出した。

『わ……わかり、ました。春の間、ここにお邪魔《じゃま》させていただきましょう……！』

――これこそが、フィリックスが引き出そうとしたセリフであるにも気づかずに。

先ほどまでの迷子のような表情は一転、フィリックスは立ち尽くすオズの手をするりと取る。

『そうか、それは嬉《うれ》しいことを言ってくれる。……あなたのことをもっと知りたい。それに、あなたにも私のことを知って欲しい。共に暮らせば私にも目はあるだろうか』

そのまま彼は、オズの手袋《てぶくろ》の上にキスを落とした。

『気持ちは覆《くつがえ》らない。せめて……私に、あなたの愛を乞《こ》う機会があれば嬉しい』

そう聞いたオズは今度こそ沸騰《ふっとう》しそうなほどに顔を真っ赤にして倒《たお》れ込んだ。

背後にあった椅子《いす》も巻き込んで、どたんっとテラスにひっくり返ったのだった。

2　推しと同居なんて無理に決まってますよ！

セラ国首都の郊外《こうがい》。

南のはずれ、森と村との狭間《はざま》にある広大な土地に建つ地下一階地上三階建ての邸宅《ていたく》は昔、フェローズ公爵《こうしゃく》家の本邸――カントリー・ハウスの役割を果たしていたらしいが、フィリックスがここに越《こ》した時は長年公爵家の人間が住んでいなかったせいで空気が澱《よど》み、少数しかいない使用人総出での大掃除《おおそうじ》にひと月費《つい》やした。

それでも、未《いま》だに大規模な修繕《しゅうぜん》はしていなかった。

「奢侈《しゃし》は嫌《きら》いだ。貴族らしい暮らしなど一生縁遠《えんどお》くていい。しかし、彼女を招くには些《いさ》か……」

見慣れた幽霊屋敷《ゆうれいやしき》のはずが、フィリックスは無表情のまま焦《あせ》っていた。

「もうすぐ到着《とうちゃく》するだろうが……まさか、こんなことになるとはな」

見合いは父の独断だった。あの父は、フィリックスの結婚《けっこん》相手に上等な血統の者など求めていない。フェローズの懐《ふところ》を重くしてくれる娘《むすめ》なら誰だって良いのだ。

当初は、誰を選ぶつもりもなかった。そのはずなのに、気づいた時にはひとりに心を動かされてしまっていた。

ドロシー・リドル。リドル家といえば首都でも名の通った豪商《ごうしょう》だ。家の規模からして、さぞかし贅沢《ぜいたく》好きの高飛車な娘がやってくると思ったが、彼女は予想外の塊《かたまり》だった。

そう。喩《たと》えるのなら、春の、柔《やわ》い金の光のような。

(まるで五年前の夜のようだ。死に場所を求めた戦争、駐屯地《ちゅうとんち》の横で……丘《おか》に登った。セラを、最期《さいご》に一望したかった。……くそ、記憶が曖昧《あいまい》だ。私はあの日たしかに不思議な光を見た……)

そこまで思い出しかけて、いつものようにズキと頭が痛む。

五年前の出征《しゅっせい》前夜、国に攻《せ》め入る獣《けもの》が待ち受ける戦地に向かう前日に、フィリックスは何か奇跡《きせき》的な……魔法《まほう》のようなものと出合ったはずなのに、ひどい頭痛が思考を阻《はば》むのだ。

(魔法など、千年前の魔女狩《まじょが》り伝説でしか存在し得ないだろう。馬鹿馬鹿《ばかばか》しい)

ゆるゆると首を横に振《ふ》った。あれは、ただの夢かもしれないのだから。

「それよりも、ここに来る彼女に不便を強いないかどうかが大事だ。……屋敷に文句を言わなかった女は一人もいなかった。なのに、雑草を見て喜ぶだなんて」

楠《くすのき》の木漏《こも》れ日の下、フィリックスは庭を見つめながら行ったり来たりを繰《く》り返す。

ドロシーを綺麗《きれい》だと思った。女性に対してそんな感情を抱《いだ》いたのは人生で初めてだった。

「……この数日で完璧に庭を整えるのは不可能だった。でも、彼女なら喜んでくれるだろうか」

そわそわが消えてくれない。足元の土を見るだけで、猫《ねこ》のために転んだ彼女をふと思い出す。

――そんなフィリックスを、庭の片隅《かたすみ》で珍《めずら》しそうに眺《なが》める男がいた。

彼は金の巻毛を臙脂色《えんじいろ》のリボンで結んでいる。優しげに垂れた緑の瞳を縁取《ふちど》るまつ毛も金色。優美な刺繍《ししゅう》が入った春用のジャケットを真っ白のドレスシャツに重ねた男は到底《とうてい》軍人とは思えないが、よく見ると体は厚く、腰《こし》にはセラ王家の家紋《かもん》が入った剣《けん》を下げている。

その彼、フィリックスと双璧《そうへき》と謳《うた》われ、市井《しせい》ではなぜか永遠のライバル扱《あつか》いされるリカルド・リリウムが興味深げに話しかけた。

「べつに、団長が並のお貴族様らしく社交的で豪華《ごうか》絢爛《けんらん》な暮らしをしているなんて誰《だれ》も思わないよ。きみは時折、物語の中ですらずいぶん冷たい男として描《えが》かれているほどだし」

「私はもう団長じゃない」

「俺にとってはフィルが永遠の騎士《きし》団長だ」

もう何度やったかわからないやりとりにリカルドは笑い、うろうろと彷徨《さまよ》うフィリックスと半ば無理やり肩《かた》を組んだ。

「きみが退いてから騎士団は弱くなった。ユリア陛下からセラを相続する御子息《ごしそく》が哀《あわ》れだよ。そもそもネロ殿下《でんか》は王になど向いていないのに、母君は体調不良が続くし、幸先《さいさき》悪いね」

その言葉に違和感《いわかん》を覚え、フィリックスはピクリとまなじりをひくつかせる。

「お前、そんなことを城で言ってみろ。不敬罪で死刑《しけい》、リリウム家は地位を失う」

リカルドは、こんな迂闊《うかつ》なことは言わない男だったはずだ。しかし、彼は肩をすくめるだけで話を変えた。

「俺が紹介《しょうかい》した庭師は腕《うで》がいいから、こっちのエリアは結構見栄《みば》えする仕上がりだ。数日でこの広い庭全体が整うだろうさ。ちょっと花が少ないくらい、問題ないよ」

「リカルドはこの屋敷《やしき》を見慣れているからそう思うんだ」

「いつまで経《た》っても俺のことリックって呼ばないね。巷《ちまた》じゃセット扱いなのに」

フィリックスがうざったそうに肩に巻きついた腕を振り払《はら》うと、リカルドは大人しく離《はな》れていく。それからフィリックスの襟元《えりもと》から靴《くつ》まで視線を走らせ、ばんばんと背を叩《たた》いた。

「文句なしに団長は色男だ。あとは少しでも笑顔《えがお》になれば完璧なんだけど」

「彼女がいればいくらでも笑える」

そう聞いて、リカルドは目を丸くした。お見合いの場で、この万年仏頂面《ぶっちょうづら》が大笑いした話は聞いている。俄《にわか》には信じ難《がた》かったが、今の言葉を聞いてリカルドはニヤニヤと相好を崩《くず》した。

「そうかそうか。ドロシー嬢《じょう》は団長の凍《こお》った心に春をくれるか。二十五年間笑ったことなどなかったのに、それは素晴《すば》らしい」

「笑ったことがなかったわけあるか」

「嘘《うそ》だ。フィルは十歳の時から一度も笑わない子だったじゃないか。フェローズの秘蔵っこが田舎《いなか》から都に上ってきたっていうからワクワクして訪ねた時も、一言も話しちゃくれなかった」

「……病み上がりだったからだよ。私は痩《や》せ細っていただろう」

そんなとき、フィリックスの耳が遠くから車輪の音を拾った。

「ホテルまで迎《むか》えにやった者が戻《もど》ってきたな。うちの馬の匂《にお》いと馬車の音がする。もうすぐドロシーがここに到着する」

フィリックスの耳にしか、その車輪の音は聞こえない。馬の匂いは尚更《なおさら》だ。

生まれつき目が良く、耳が良く、鼻も利《き》く。……異常なほどに。そう気付いてから、フィリックスは人前で悟《さと》られまいと振る舞《ま》ってきたが、リカルドには気が緩《ゆる》む。

そんなフィリックスの特殊《とくしゅ》な五感に驚《おどろ》くことなく、リカルドは裏門の方へ体を向けた。

「相変わらず便利な体だな。それじゃ、俺はお城へ子守に戻るよ」

「王太子の護衛はお前だけが賜《たまわ》った名誉《めいよ》ある職だ。それに、ネロ殿下はもう十四歳になられる。そんな言い方はよせ」

「悪い悪い。……命懸《いのちが》けで仕えたユリア陛下にすら庇《かば》ってもらえずに、みすみす城を追い出されたってのに、フィルは忠誠心に篤《あつ》いことだ」

フィリックスは彼を睨《にら》む。変事からもう何年も経つのに、その話題を持ち出されると胸がざわついた。そんな男を見て、リカルドは気を抜《ぬ》くように笑って肩を叩いた。

「――じゃ、またいつでもこの友を頼《たよ》っていいからな。家具職人も庭師も、仕立て屋だって、信用できる御用《ごよう》商人を紹介してやるさ」

友かどうかは保留だが、素直に礼を言った。

それから柔らかい青色のジャケットの襟《えり》を正し、玄関《げんかん》に向かう。五日ぶりにドロシーに会えると思うと、心に羽が生えたような心地《ここち》がして不思議だった。

＊

さっさとフィリックスに嫌われないといけない。それも、ドロシー及《およ》びリドル家への悪評が立ち過ぎない程度に。

でも、一体どうやって——。

オズとドロシーはホテルで密《ひそ》かに頭を悩《なや》ませたものの、解決策はついぞ見つからない。

ここで、何もかもを白状しようものならリドル家の信用が失墜《しっつい》する。貴族との見合いに偽者《にせもの》を送り込むというナメた真似《まね》をしたイチ商家は、たちまち取り潰《つぶ》されてしまうかもしれない。

（それにこれから、フィリックス様を騙《だま》し続けるのか。ああまったく、僕はなんてことを……）

胸を痛めるオズに、ドロシーがこう聞いた。

「魔法でフィリックス様の記憶《きおく》を奪《うば》えないの？　ほら、あなたのおばあさまが生前、不思議な目を使ってやってくださったじゃない。悪夢を見た翌日、夢の記憶を書き換《か》えてくれたわ」

「あれは魔眼《まがん》持ちの魔法使いにしかできないんだよ。心を覗《のぞ》いたり、その心を操《あやつ》るなんて僕には無理だ。……昔はともかく、いまはできない」

祖母は珍しくも魔眼を持っていた。しかし、オズにはない。

（『その時代に一人だけ生まれる、星が震《ふる》えるほどに強い力を持った金髪《きんぱつ》金眼の魔法使い』か。今更《いまさら》、最強なんて眉唾《まゆつば》な存在に戻りたいとは思わないけど、今回だけは昔の力が恋《こい》しいな）

ぐしゃりと黒髪《くろかみ》を掻《か》き乱したオズは、必死に頭を回す。

「何がいけなかったんだろう。貴族の生活に馴染《なじ》めない変な女を演じたんだけど……」

ぶつぶつ呟《つぶや》くオズに、ドロシーが手を叩いた。

「そうだわ、それよ！　オズが演じた『ドロシー』の、ちょっとドジっ子で天然な雰囲気《ふんいき》が刺《さ》さっちゃったんじゃないかしら。誇《ほこ》り高い上流階級の御令嬢《ごれいじょう》には無いふわふわ感が新鮮《しんせん》だったのかもしれない。あなたの話を聞く限り、好意的に解釈《かいしゃく》すればそんな印象になるわ」

ドロシーの言にハッとした。世間知らずを意識したはずが、可愛《かわい》らしく控《ひか》えめな天然の少女だと思われたかもしれないなんて。オズは顎《あご》を持ち、真剣《しんけん》に言った。

「なるほど……。フィリックス様の好みがそっち方面なら、今度は逆を行けばいいのか。淑女《しゅくじょ》っぽさを取っ払《ぱら》って、そうだな……活発で、いっそ男勝《おとこまさ》りで、でしゃばりで……」

五里霧中《ごりむちゅう》の中に、ぼんやりと目指すべき方向が見えてきた気がする。フィリックスからの迎えの馬車がホテルに到着《とうちゃく》したと連絡《れんらく》があったのは、この日の昼過ぎだった。

「フィッ、フィリックス様、此度《こたび》は再びお招きいただきありがとうございます」

しまった、噛《か》んでしまった。玄関アプローチで、緊張《きんちょう》し通しのオズは冷や汗《あせ》をかいた。

「こちらこそ、来てくれてありがとう」

五日ぶりに見るフィリックスは、初対面の時のような険しい顔を見せることなく口元を緩ませていた。それがとにかく眩《まぶ》しくて、オズはなるべく彼の青い目を見ないように挨拶《あいさつ》をした。

そんなオズが高齢《こうれい》の家令――フォードと名乗った――から大きな二つの荷物を受け取ろうと

した時、その白髭《しらひげ》の紳士《しんし》は微笑《ほほえ》んで言った。

「どうか、お気遣《きづか》いなきようお願い申し上げます」

「しかし、これは私の荷物です。それに見たところあなたは腰がお悪いのでは……」

手伝いに行っていたリドルの病院で、腰痛《ようつう》の患者《かんじゃ》はよく見てきたから、腰を庇う歩き方に気付いていた。オズが言うと、困ったようにフォードは眉《まゆ》を寄せる。

「これはこれは、ドロシー様にお気を遣わせてしまうとは。……情けないことですな」

そう残念そうに言われてオズはやっと思い至った。彼らの仕事を奪わないためにも、あえて世話をされるという振《ふ》る舞いは基本的なマナーなのだと。

ここで、オズはホテルで立てた作戦を思い返した。

(やっぱり、おとなしい淑女っぽさを全部取っ払おう。よし、お見合いの時より大胆《だいたん》に)

グッと拳《こぶし》を握《にぎ》りしめて、オズは気合いを入れる。それから、二つの旅行鞄《りょこうかばん》を奪い取った。

「ご老体で見栄など張らないでください。フットマンの一人もいないお屋敷の方が問題ですわ」

オズはツンとした顔で言った。

「それにこんな荷物くらい、重くもなんともないです」

女性なら数分持てば腕が疲《つか》れる大きな旅行鞄を、片手に一つずつ、両手共にはしたなくも持ち上げた。女性らしさのかけらもない様子を見せたかったのだ。細くともオズは男だ。実際それほど苦ではない。

そこまでした時、目の前の二人、家主と家令の両方が固まっているのをオズは見て再び冷や汗をかく。やりすぎたか、いややりすぎの方がちょうどいい……。そんなふうにぐるぐるしていると、また、思いもよらないことが起きた。

フィリックスが震え、顔を背《そむ》けているのだ。

「……っ、くく、悪い」

（よし。僕の行動がダメ過ぎてツボに入ったのかもしれない）

オズはほくそ笑んだ。これでいい。

しかし、続いたフィリックスの言葉に首を傾《かし》げることになる。

「天晴《あっぱ》れだな。はあ笑った。いや失礼、あなたを見ていると飽《あ》きないから。しかしレディに持たせるとなると、今度は私の手が疼《うず》く。失礼、こちらだけでも預けてはくれないか」

するりと荷物の片方を奪われた。そんな気遣いに、不意に胸が高鳴る。こんなことばっかりだ、推《お》しの近くにいるのだから。

「構わないな？」

そう、機嫌《きげん》良さそうに言ったフィリックスはオズの返事を待たずに正面の扉《とびら》を開けた。すると、三人しかいないハウスメイドと、色違《いろちが》いのエプロンをつけたキッチンメイドが一人並んで頭を下げていた。いずれも、オズが見合いの日に出会った女性たちだ。

「わあっ、あの、今日からお世話になります。どうかよろしくお願いいたします。挨拶にお時間を取らせても申し訳ないので、もう頭をお上げください」

オズは思わずそう言った。ドロシーのおかげで金持ちの家には慣れているけど、リドルの使用人はオズに気安いから、こんな風な出迎《でむか》えなんてしない。

しかし、その声に皆《みな》はぽかんとしていた。唯一《ゆいいつ》、フィリックスだけが再びくつくつと笑いを漏《も》らしてこう言った。

「ドロシー嬢《じょう》の言うとおりにしろ。……仕事に戻っていい」

主人の笑顔《えがお》にも驚いたメイドたちは、各々《おのおの》「失礼します」と散って行った。

「彼女たちには掃除《そうじ》仕事が山積みなんだ。私は、書斎《しょさい》と寝室《しんしつ》と、あとは最低限の部屋しか使っていなかったから、食堂やボールルーム、サンルームも埃《ほこり》をかぶっていてな」

そう言われて、オズは得心した。門からアプローチ、それにこの扉に上がる外階段もどこか古びて欠けていたが、扉が開け放たれた屋敷《やしき》の中からは爽《さわ》やかで清潔な匂いがしたのだ。

「あなたを迎えるのに、全《すべ》てを急拵《きゅうごしら》えで整えるには時間はなかった。しかしまあ、できる限りの準備はしたつもりだ。元は大層壮麗《そうれい》な屋敷だったが、私のものぐさで放置していたから」

そう言われ、オズはぐるりと首を回した。

「わあ……」

最初は、思わず感嘆《かんたん》の声が出た。

オズの身長の三倍はある正面玄関《げんかん》を潜《くぐ》ると、吹《ふ》き抜《ぬ》けの大広間が出迎えてくれた。奥には二階に続く、深紅《しんく》の絨毯《じゅうたん》敷きの大階段が見える。天井《てんじょう》には神話の壁画《へきが》があり、そこからは細かい装飾《そうしょく》が施《ほどこ》された硝子《ガラス》のシャンデリアが吊《つ》り下がっている。往時の名残《なごり》はたしかにあった。

(綺麗《きれい》に掃除が行き届いている。大理石の床《ゆか》がピカピカだ。……でも)

飾《かざ》り棚《だな》も絵画も彫像《ちょうぞう》も、壺《つぼ》や花の一つも無い屋敷は寂《さび》しくて、こぼした息一つすら天井に響《ひび》く。この規模の屋敷に対して、使用人も少ない。

なにより――。

(貴族の長兄《ちょうけい》として生まれて、いずれ家督《かとく》を継《つ》ぐお方がなぜお一人で……いくら倹約家《けんやくか》とはいえ、御子息《ごしそく》がこのような暮らしをしているとあればお家の方が黙《だま》っていないのではないのかな)

それほどに、この家は寒々しい。

「――まずは、あなたの部屋へ。それから屋敷を案内しよう」

しかしそう微笑むフィリックスの顔は、冷たくはなかった。まるで眩しがるように、瞳《ひとみ》を細めてオズを振り向き見るのだった。

「わあ……！　すごい、すごいです。物語のお姫《ひめ》様が住んでそうなお部屋ですね」

思わず荷物をドアのそばに落とすようにして置き、オズは駆《か》け出した。

たた、と絨毯敷きの床に細いヒールの跡《あと》をつけながら部屋を見て回る。

壁紙《かべがみ》と絨毯は春らしい薄紅《うすべに》と白、さらに柔《やわ》らかな薄緑《うすみどり》色だった。壁の絵は都で流行《はや》りの画家のもの。化粧《けしょう》台、ソファ、大きなベッドは目に優《やさ》しいクリーム色で輪郭《りんかく》がゆるいカーブを描《えが》く。香《かお》り高い木の素材は間違《まちが》いなく一級品だろう。さらに、至る所に置かれた花瓶《かびん》に春の花が生けられ、大きな窓は南向きで庭が一望できた。紛《まぎ》れもなく、この屋敷で最もいい部類の部屋だ。

「すごい。でも、ぼ……私には似合わないお部屋ですね」

部屋を一通り見たオズはなんだか申し訳なくなり、半笑いで言った。

　フィリックスが首を傾げる。

「？　ドロシーにぴったりだと思う。あなたをイメージして家具を見繕《みつくろ》った」

「見繕った？」

　フィリックスは失言に気づいたようだったが、誤魔化《ごまか》さなかった。

「玄関、広間、通ってきた廊下《ろうか》、それに階段すらも古く、さながら没落《ぼつらく》寸前のようだっただろう」

返事が見つからずに黙り込んだオズに、フィリックスが続ける。

「……いずれわかることだから白状すると、私はフェローズ家の者によく思われていない。その事情と……まあ城で一悶着《ひともんちゃく》あって、今から五年前、終戦したしばらく後に騎士《きし》団長も解任されてここに押し込まれている」

　オズは驚《おどろ》いた。フィリックスの退団は国中を騒《さわ》がせたものの、国民らはこれを、戦争当時わずか二十歳《はたち》で大任を成し遂《と》げた彼への褒賞《ほうしょう》、つまりは女王から労《ねぎら》われ、栄誉《えいよ》あるお暇《いとま》を賜《たまわ》ったのだとばかり思っていたからだ。

「この家は、一族が打ち捨てたものだ。だから家具や飾りの類《たぐい》は全て新たな本邸《ほんてい》か、城に近いタウンハウスか、他《ほか》の別荘《べっそう》にある。それに、誰《だれ》かが訪ねてくることもない」

そう話すフィリックスの顔から微笑みが消えている。当たり前だ。家の後ろ盾《だて》がないと明かすのは、家名に重きを置く貴族にとって屈辱《くつじょく》だろうから。

「こんな屋敷で、本当にすまないな。フェローズのお家騒動《そうどう》にも、城の事情にも、あなたを巻き込むことは決してしないと誓《ちか》うが、迷惑《めいわく》に思って当然だ」

フィリックスは、黙るオズの心を勘違《かんちが》いしたらしい。しかし、オズの胸に去来したのはまったく別の気持ちだった。

「迷惑なんて思いません！　そんなご事情があっても、私のお部屋はこんなにも綺麗に豪華《ごうか》に準備してくださいました。そのお心遣《こころづか》いが本当に嬉《うれ》しいです。それに、今は国中の物資が足りません。王都だって、路地裏や北の下町は様子がガラリと変わるのも分かっています。浪費《ろうひ》しない、といったフィリックス様のご姿勢は素晴《すば》らしいものだと存じます」

本心だ。加えて、オズはフィリックスを褒《ほ》めることが特技なので、いくらでも賛辞は出る。

そんなオズに、フィリックスが短く聞いた。

「あなたは北の下町に行くのか……？」

「？　ええ」

フィリックスの顔には信じられないと書いてある。

「……あそこは治安が良くない。洗濯屋《せんたく》も多いから水は濁《にご》る。高いフラットが建ち並び、日当たりだって悪いだろう。なぜ、そんなところに赴《おもむ》く？」

そこまで聞いて、オズはピンときた。あの辺は貴族だけでなく、生活に余裕《よゆう》がある者は立ち入らないエリアだ。貧民と庶民《しょみん》のあいのこくらいの人が住む薄暗《うすぐら》い町に、令嬢《れいじょう》は似合わない。

そう理解したオズは微笑《ほほえ》みだけを貼《は》り付けて、密《ひそ》かに背中に冷や汗《あせ》をかいていた。

言い訳が思いつかないのだ。

(なぜって聞かれても、そんなもん推し活のためなんだよなあ～！)

都に来る用事など全部推し活動のためだが、ときにはフィリックスにまつわるなにがしかを正規品の新品で買えない時もある。そういうときは本から服、それこそ絵画のカードまでなんでも売っている古物の露店《ろてん》に行くが、大体は大通りではなく裏に行かないと出回らない。

それを漁《あさ》りに、できる限り貧相な青年の風を装《よそお》ってジメジメした町に入ることはよくあった。

ドロシーなんかはどれだけ地味な格好をしても美しく、目立ってしまうので、高額転売されているリカルドのサイン本などをオズが代わりに探しに行くこともある。相互扶助《そうごふじょ》が大事だ。

だから、苦し紛れに言った。

「私がどこに行こうとも自由でしょう。……そ、それに、人が困っているんですし」

ドロシーのことである。

「困っている人だと？　確かに、あの辺には戦時に職や体を失った人が暮らしているな……」

「え？　あ、そういうわけじゃ」

オズの目が泳いだ。なんだかいいように勘違いされた気がする。でも弁明の言葉を持たない。

たしかに、密かに魔法《まほう》で何かを手伝うこともあるから、嘘《うそ》はついていないと信じたい。

オズがぐるぐると考え込む一方で、フィリックスがオズの頬《ほお》に手を伸《の》ばし、ピクリとためらって戻《もど》す。代わりに優しい視線がオズに注がれた。

「……あなたは、誰かを助けることを厭《いと》わないのだな。大きな商家の出なのに、貧乏暮《びんぼうぐ》らしを強《し》いられる民《たみ》を差別しない」

絞《しぼ》り出すように言ったフィリックスに、オズは笑顔を貼り付けたままギュッと両の拳《こぶし》を握《にぎ》る。

（ああ～……、この感じはやっぱりいいように勘違いされてる）

「だから、このような荒屋《あばらや》に住むことにも気後《きおく》れしないのか」

そう言ったフィリックスがきらきらと眩《まぶ》しくて、オズは泣きたい気持ちで握った拳を胸の高さに振《ふ》り上げた。これからの同居に、気合を入れたつもりだった。

「荒屋だなんて！　立派なお屋敷だと思いますわ。それよりも、このお部屋の可愛《かわい》さに似合う淑女《しゅくじょ》になれるように、一生懸命《いっしょうけんめい》努力しなくてはいけませんね」

「あなたは本当に……」

気が抜けたフィリックスの背を、中天の日差しが照らす。

その視線は、憧《あこが》れを秘《ひ》めてオズを追いかけていた。

＊

推《お》しと同居するということがどういうことなのか、オズはその身を以《もっ》て知った。

それは、心が安らぐ瞬間《しゅんかん》が一瞬たりともないということである。

風呂《ふろ》や着替《きが》えの世話はなんとか回避《かいひ》した。ものすごい恥《は》ずかしがり屋だと言い張り、いまのところ男だとは疑われずに暮らしている。

しかし、苦難はそれだけではなかった。

──フィリックスが、一分の隙《すき》もなく美しいのだ。

（うわあ、新聞を読んでいらっしゃる）

フィリックスからすれば、単に書斎《しょさい》のカウチに腰掛《こしか》けて、ぼんやりとアイロンがかけられた折り皺《じわ》のない新聞を眺《なが》めているだけだ。しかし、オズからしたらフィリックスがいるだけで書斎が丸ごと美術館になってしまったようだった。

ある日は、まだ薄暗い早朝に、髪《かみ》が濡《ぬ》れた薄着《うすぎ》のフィリックスがサンルームの絨毯に体を投げ出して本を読んでいるのを見かけた。誰にも見られていないと思っての行動だろう。しかし、オズはバッチリと目に焼き付けた。淡色《たんしょく》の朝日が注ぐ陽《ひ》だまりに寝転《ねころ》ぶ推しは高貴な猫《ねこ》のようで、あまりの尊さに心臓が壊《こわ》れた。

「ドロシー、不便はないか」と顔を覗《のぞ》かれた日は、「はひ」としか言えなかった。「好きな食べ物は？」という問いにもしどろもどろで「毒がなければなんでも」と答えて不審《ふしん》な顔をさせた。

その調子だったから、一向に進展がない。推しにどぎまぎしすぎて、嫌《きら》われようがないのだ。

「そ、それにさあ……僕ってやつは……フィリックス様にあんな醜態晒《しゅうたいさら》して……」

庭に出ないかと誘《さそ》われた日のことだった。オズが来てから日に日に整えられていく庭で、遅《おそ》めに咲《さ》き始めた黄色のチューリップを、フィリックスが鋏《はさみ》で切ってオズに渡《わた》してくれたのだ。

「今日のドレスとよく似合う」

濃《こ》い緑を着ていたからだろう。フィリックスは言って、オズの手を取ろうとしたのに、オズの手はパチンとそれを払《はら》い、あまつさえ体は勝手に後ずさったのだ。

「ドロシー？」

怪訝《けげん》に言われて、正気に戻ったオズは笑顔《えがお》をひくつかせながらフィリックスの方に歩いた。

指が長い手を見るとドキドキが止まらなくなる。自分から手を伸ばすのがこんなにも難しい。

（お、推しの手……綺麗《きれい》だ、肌《はだ》も形も。真っ白で指が長くて大きくて……これが剣《けん》を握って国を守った英雄《えいゆう》の手なんだぞ。よく目に焼き付けておかないと。こんなチャンスないんだから）

思考があらぬ方向に飛んでいく。

そうして、ついに鼻の血管がブチと切れた。

「だ、大丈夫《だいじょうぶ》か!?」

フィリックスの叫《さけ》びに、ハッとオズは顔を上げた。そして、鼻血に気付くことなく茹《ゆ》だった頭でこう口走ったのだ。

「あ、いえ、チューリップは世界一好きなお花です！　来世はチューリップになりたいなあ！」

そう高らかに宣言してしまったものだから、次の日には、オズの部屋の花瓶《かびん》という花瓶にチューリップが生けられた。庭の花は減っていないから、わざわざ買ってきたものだろう。

そんな日々を思い出して、自室のソファでオズは頭を抱《かか》え、もんどり打って倒《たお》れた。

「滑《すべ》り出しから絶不調だ……！　だって僕いまだにフィリックス様の顔を五秒以上直視できない。僕の顔をまじまじ見られるのだって無理だよお！　推しに認知《にんち》されたら死んじゃうよ！」

認知どころでなく、婚約《こんやく》しようとしている。そんな現実にのたうち回っていると、扉《とびら》がノックされた。音は四回。それは、女中が来た合図だった。

「ドロシー様、なにやら叫び声がいたしましたが、大丈夫でしょうか」

フィリックスではないことに安堵《あんど》しつつ、オズはドア越《ご》しに言った。

「うっうるさくしてごめんなさい！　大丈夫です」

「とんでもございません。……私たち、今日はこれから三人とも、食堂のお掃除《そうじ》に向かいます。何かございましたら、ご足労ではありますが、一階の食堂までおいでくださいますと幸いです」

その言葉に、オズはフィリックスの言を思い出した。

『独居なのだから寝室《しんしつ》で食事を取れば十分。食堂を使えば、その分女中からの掃除の手間がかかる。だから放置していたが、あなたと顔を合わせて食事を取るところが欲しくなった』

言われたのは、晴れた日の昼に見合いの場所でもあった庭で食事をしていた時だった。

たしかに庭か、それぞれの部屋で食べるしかない。フィリックスがいては気が休まらないオズはそれをありがたいと思っていたが、そういうわけにもいかないのだろう。

そこまで考えて、オズは思いついた。

「多分今日も、フィリックス様はお屋敷《やしき》でのんびりと過ごしていらっしゃる。それで、僕を何かに誘うはずだ」

なぜか飽《あ》きもせず、彼は頃合《ころあ》いを見てオズを訪ねるのだ。その度《たび》に死にそうになる。

「じゃあ僕が一日忙《いそが》しくしてればいいのでは？　例えば食堂の掃除を手伝うとか、馬の世話をするとか……。そうだ、そうしよう。使用人の仕事を奪《うば》うのは良いことではないだろう」

一石二鳥に思えた。フィリックス断《だ》ちをして一旦《いったん》心を落ち着かせることができるし、使用人に交じって煤《すす》だらけになる嫁《よめ》などお呼びではないはずである。

オズはがばっとソファから起き上がり、ダッシュでかけて勢いよくドアを開けた。

「そのお仕事、私にも手伝わせてください！」

すると廊下《ろうか》の先を歩いていた女中らが、弾《はじ》かれたように振り返った。

「あの……私の勘違《かんちが》いでなければ、みなさま古い怪我《けが》があるようですし」

女中の三人ともが顔を見合わせる。家令同様に体が万全《ばんぜん》ではないのだとオズは見抜《みぬ》いていた。

義指を嵌《は》めた女性が一人、足を痛めた女性が一人、そして、先程《さきほど》ドアをノックしてくれた彼女は片目が悪いはずだ。重心が、いつも右に傾《かたむ》いていたから。

「きっとお邪魔《じゃま》にはなりませんから、私にも手伝わせてください」

オズは微笑《ほほえ》んだ。このドレスだと動きにくいが、地味な服も持ってきているので問題はない。

彼女らは戸惑《とまど》っていた。オズはこう続けた。

「フィリックス様に咎《とが》められることがありましたら、私が責任を持ちますので」

出来れば咎めてくれ。そして、追い出してくれ……そう願いながらも、オズはにっこりと作り笑いを浮《う》かべた。


食堂は壁紙《かべがみ》が剝《は》がれていた。それを貼《は》り直すには女性三人では大変だったようで、脚立《きゃたつ》を支えるオズは上に立つ彼女の先、どうしても捲《めく》れてしまう新たな壁紙の角に小さく呪文《じゅもん》を唱えた。

しゃらりと、オズが魔法を使う度に耳元で精霊《せいれい》が喜んだ。元とはいえ、〝星が震《ふる》えるほどの力〟を持った最強の魔法使いだ。今は凡《ぼん》の力でも、オズの魔力は彼らにとって心地《ここち》よいらしい。

巨大《きょだい》なテーブルを移動させるのも、どう考えても四人では無理なのでふわりと浮遊《ふゆう》の魔法をかけた。するとギリギリ持ち上がったので、女中の一人が感嘆《かんたん》してオズを見た。

「若奥様は力持ちでいらっしゃるとわかってはいましたが……こんなにとは」

初日の、旅行鞄《りょこうかばん》のことを指されているのだろう。さすがにこの重厚《じゅうこう》な卓《たく》を持つのは青年のオズにも無理だが、曖昧《あいまい》に笑ってみせた。

「その……若奥様と言うのをおやめくださいませんか。フィリックス様が馬鹿力《ばかぢから》の嫁を娶《めと》ったと噂《うわさ》になれば、色々と支障がございましょう。それに、皆様《みなさま》の功を掠《かす》め取るようなことをして」

本気でそう言ったのに、彼女らは恐縮《きょうしゅく》して首を横に振《ふ》る。おかしいなとオズが思うと、一人が雑巾《ぞうきん》を絞《しぼ》りながら返した。

「私の指は義指で、布を絞るのにも難儀《なんぎ》します。……でも、フィリックス様は畑を耕せない私を、戦後の地方視察中に拾ってくださいました。そんな旦那《だんな》様に報《むく》いたくても、満足に掃除や給仕《きゅうじ》ができるはずもなく、お顔合わせの日にもドロシー様の前で水をこぼしてしまった」

言われたオズは思い出した。確かに見合いの時、そんなこともあった。それに、家令のフォードは彼女ら三人を指してメイド歴が浅いと言ってはいなかったか。

この家は至る所が普通《ふつう》と違《ちが》う。怪我人だらけの使用人はもしや、フィリックスが、行き場のない人を雇《やと》い入れた結果ではないのか。

そう思い至ったオズに、彼女は雑巾を持って立ち上がる。

「でも、ドロシー様は私の給仕を叱《しか》らなかった。欠けた指に気づいていらっしゃるのに、笑うことも、解任を勧《すす》めることもしなかった。……旦那様以外に、高貴なお方にこんな寛容《かんよう》な方はいらっしゃらないと思ったから、私は本当に嬉《うれ》しいんです。ね、みんなもそうでしょう」

彼女が言うと、いつの間にか涙《なみだ》ぐんでいる他《ほか》二人も頷《うなず》く。

やはり皆《みな》、フィリックスに恩がある人なのだ。

（……フィリックス様は素晴《すば》らしい方だ）

彼女らに褒《ほ》めそやされても、オズの耳から抜《ぬ》けていく。フィリックスのことで胸がいっぱいになったからだ。

（なのになぜ、このような場所で……）

家族から疎《うと》まれている。城でも一悶着《ひともんちゃく》あった……。考え込んだオズを見て何を思ったのか、女中の一人が声をかけてくれた。

「ドロシー様のおかげで、ここは早く片付きそうですわ。ですので、お部屋にお戻《もど》りに……」

「いいえ、手伝わせてください。ほかにも、整えなくてはならない所はあるでしょう」

そう言ったのは彼女らのためでもあるけれど、自分のためでもあった。

いつか去る前に、できる限りのことがしたい。余計な世話だろうが、事情を知らずとも、推《お》しを——想像の何倍も優《やさ》しいフィリックスを、こんなところで生活させたくはなかったのだ。

（そうか。……ご自分を投げやりに扱《あつか》っていらっしゃるのが、僕は嫌《いや》なんだ）

部外者のくせに欲深《よくぶか》いな、とそう苦笑《くしょう》した。でも、目の前の彼女は感激しきりでこう言った。

「では……では、旦那様の衣装《いしょう》部屋の掃除をお手伝いいただいても良いでしょうか。現役《げんえき》でいらっしゃった頃《ころ》のお衣装の傷《いた》みが心配で、しかし私の目では、薄暗《うすぐら》い部屋は心許《こころもと》ないのです」

「お安い御用《ごよう》です」

オズは笑った。

――しかし、訪《おとず》れたフィリックスの衣装部屋で、あるものを見つけて立ち尽《つ》くすことになる。

それは、フィリックスの騎士《きし》服だ。

深く紅《あか》い布地のジャケットに、スラックスや飾《かざ》りは黒の布。マントも艶《つや》やかなベロアの黒で、片方の肩《かた》にかけて背に靡《なび》かせる礼服は燦《さん》たる彼が着ればさぞ壮麗《そうれい》だろう。

だが、胸元《むなもと》の徽章《きしょう》の痕跡《こんせき》に、オズは顔を顰《しか》めた。

「千切られている……？」

本来エンブレムがあったはずの場所から、ぼろぼろと糸が伸《の》びている。騎士団の紋《もん》はセラ家の家紋の赤い鳥に長剣《ちょうけん》が添《そ》えられた紋様のはずだが、跡形《あとかた》もなく取られていた。騎士団長であることを示す金のバッジも無い。戦時の活躍《かつやく》を讃《たた》えられたリボンや勲章《くんしょう》すら無いのだ。

無理やりに引き千切られたのは一目瞭然《いちもくりょうぜん》だった。

「なんで……一体何があったんだ」

まるで、誉《ほま》れごと奪い取るかのような所業では無いか、これは。

――そこに降ってきたのは、冷たい声。

「なぜあなたが、その服を持っている」

いつの間にか衣装部屋の壁《かべ》にもたれていたフィリックスは腕《うで》を組み、深いため息をついた。

無言のまま、フィリックスがティーカップを置く。

整ったばかりの食堂にかちゃりと音が大きく響《ひび》いた。茶にはすでに、湯気はない。

「ドロシー。女中に申し出たそうだな、ここの掃除《そうじ》を手伝うと。なぜだ？」

「はっ……はい、あの、出過ぎた真似《まね》をしまして……」

「なぜだと聞いている」

オズは答えに窮《きゅう》した。印象を悪くするのが仕事だと思うと余計になんと言えば良いのか分からず、結局混乱したままこう口走った。

「……し、使用人の仕事を邪魔してやろうかと」

「ふ。そう言い張れば、女中らが叱られないと思ったのか」

そう彼は微笑む。またいいように取られた、と慌《あわ》てるオズにフィリックスが言葉を重ねた。

「彼女らも、どうか若奥様を叱るなと私に縋《すが》った。もとより、あなたを怒《おこ》るつもりなどない。女中の怪我に気づいたのだろう。……しかし、あの服は見られたくなかったな」

フィリックスの感情はわかりづらい。その上、オズの想定外の顔を見せる。

だから、今度も驚《おどろ》いた。怒られると思ったのに、彼は――。

「――何を不安に思っておいでなのですか」

思わず聞くと、フィリックスが切長の目を見開く。

「あなたは私の心がわかるのだな」

浮かべられたのは複雑な笑《え》みだった。

「見られた以上は仕方がない。いずれ、話さなくてはいけないと思っていた」

「え？」

「……将来の伴侶《はんりょ》にと思っている女性に隠《かく》すのは嫌だった。だからむしろ、あのひどい有様の礼服を見られて良かったのかもしれないな」

自分に言い聞かせるように、フィリックスは言った。それほどに口にしたくないことなのだろう。「無理には」とオズが割って入ろうとしたが、彼の方が早かった。

「私は罪人なのだ」

「……え？」

「それも、女王陛下への大逆罪……ユリア様への殺人未遂《みすい》を疑われて、城を追われた」

五年前。

フィリックスが騎士団長に任命されたのは、戦争の三ヶ月前だった。

セラは独立国ではなく、人狼《じんろう》から人類に与《あた》えられた領地に過ぎなかった。時代ごとに大陸を支配する異形種は様々だったが、当時は巨軀《きょく》と知性を備えた人狼の国が人類の宗主国だった。

その宗主に刃向《はむ》かい、国としての独立を決意したのが領主セラ家の娘《むすめ》。若い母親だったユリアだ。彼女は一人息子《むすこ》に安心できる未来を与えたいと宣言し、多くの人々がそれに追従した。

フィリックスの生家、フェローズ家もその一つ。かの家はか弱い人類の中だったが武で鳴らし、セラ家を守る血筋だったから、剣技《けんぎ》に秀《ひい》でたフィリックスは若くしてユリアの信任を得て騎士団長になった。

「……しかし、父上の思惑《おもわく》は異なった。私のこの、銀竜《りゅう》を思わせる髪《かみ》を酷く疎《ひど》んじた父は、私を騎士団長に据《す》え、戦地に派遣《はけん》し、死にに行かせようとしたのだ」

当時、ユリアは戦争を避《さ》けようと必死だった。しかし、長引く交渉《こうしょう》に鬱憤《うっぷん》を溜《た》めた宗主国の獣《けもの》たちが、この自治領に攻《せ》め込んでくるつもりだと、ユリアは情報を得たのだ。

「大事な報《しら》せだった。情報を摑《つか》んだのは、現在の宰相《さいしょう》で昔はユリア陛下の小姓《こしょう》だったアズール様という御仁《ごじん》だ」

その名前は、オズも聞き馴染《なじ》みがある。

「忠臣からもたらされた情報に、陛下は急ぎ騎士団を組織し直し、敵将を討《う》てずともせめて……抵抗《ていこう》もせずに獣らに下るつもりはないのだと、戦地で示してくれと私に命じた」

死にに行け、という命令に近かった。少なくともフィリックスはそう受け取った。

けれど、それで良いと思った。

「私は家の者の誰《だれ》にも似ていない。髪だけでなく、容姿も性格もだ。なのに剣ばかり強かったから、嫉妬《しっと》されることが多かった」

権力者にとって大事なのは城内政治だ。しかし、口下手で実家の後ろ盾《だて》もないフィリックスはそれが大層苦手だった。同じ騎士のリカルドなどは人付き合いも得意で、さらにフィリックスの剣技を尊敬していたから庇《かば》ってもくれたが、若造の言では焼け石に水だった。

「疎まれているのなら、戦地で勇ましく殉職《じゅんしょく》すれば、墓標に刻まれた名前を誰がしか覚えてくれると思った。……でも」

月のない夜、朧《おぼろ》な誰かに言われた言葉が、フィリックスの脳裏《のうり》をよぎる。『殉職したなら、誰かがあなた様を真に愛してくれますか』『人はただ忘れていくだけだ』……。

フィリックスはいつもの頭痛を覚えて頭を振《ふ》った。どうせ、思い出せない。

「だが、私は生きて帰ってしまったのだ。あそこは危険だ、この敵は切り掛《か》かるべきではない、迂回《うかい》すべきだ……そんなことが戦地の野で、直感でわかるようになった。不思議だろう」

戦いの中で違和感《いわかん》を持った。今までになかった第六感のようなものがフィリックスを導き、気づいた時には敵の頭を取ってしまったのだ。

それを、フィリックスは『不死の幸運』と名付けた。帰還《きかん》後も、危険だと思った山道で土砂《どしゃ》災害が起きたり、馬車の事故があったりした。そういった危険が直感でわかるようになっていた。……もともと、耳や目が鋭敏《えいびん》だったのに、さらに能力が加わったというわけだ。

「しかし……元からこの容姿と性格を疎まれていた私が、多くの騎士が死んだ中で帰還して、城の連中がどう反応したのかはわかるだろう」

オズは問われてやっと、自分が堅《かた》く拳《こぶし》を握《にぎ》りしめていたのに気づいた。

「……生きて帰ったフィリックス様を追い出したのですか。その御髪《おぐし》だけが理由で」

フィリックスがゆるゆると首を振る。

「戦後のある夜、ユリア様の寝室《しんしつ》に運び込まれた茶に毒が盛られたのだ」

「！」

風向きが変わった。オズがびくりと肩を震《ふる》えさせると、フィリックスが淡々《たんたん》と言った。

「私はそれを予感した。私を異形だと遠ざけず、剣の腕だけ買ってくれた女王陛下に忠誠心があったからだろうか。不思議なことに、彼女に危機が迫《せま》っていると直感したのだ」

ユリアの寝室に駆《か》けつけた時には遅《おそ》かった。

彼女は、いつものごとく寝《ね》る前に差し出される茶を一口含《ふく》み、ベッドに倒《たお》れ臥《ふ》していたのだ。

「……寝室にいたのは、私と陛下のみ。ユリア様は一命を取り留めたが――噂《うわさ》は広がり、私が陛下を手にかけようとしたのではと言い出したのは、一人の政務官だったたな」

政務官たちの長は、宰相となったアズールだった。戦時に斥候《せっこう》の役割すら果たした彼は穏《おだ》やかな人格者で、しかし、フィリックスに申し訳なさそうに言った。

「『この国が揺《ゆ》れている時期に、僅《わず》かでも火種はないほうがいいと陛下も私も考えました。フィリックスには本当に申し訳ないが、今しばらく王城から出てはくれませんか』と。……私の嫌疑《けんぎ》を決して国民に漏《も》らさない、救国の英雄《えいゆう》の名誉《めいよ》は守る。いずれ呼び戻《もど》すからとアズール宰相閣下は言ったが、その実、陛下と二人がかりでも私の悪評を抑《おさ》えるのは難しかったのだろう」

フィリックスは、そう締《し》めくくった。

オズは震える声で聞いた。体中を満たすのは怒《いか》りだ。

「あの服は、勲章《くんしょう》は誰が剝《は》がしたのですか……」

「わからん。退任が決まった後に城内の自室に置いていたら、突然《とつぜん》ああなっていた。まあ、弟ではないかと踏《ふ》んでいる。あの子はまだ子供だ。あのような嫌《いや》がらせにも興味があるだろう」

本当は父は、貴族社会に馴染まない長兄《ちょうけい》には家名に花を添《そ》えて死んでもらって、その後を弟に継《つ》がせたかったのだろう。けれど生きて帰ったから、父は毒殺騒《さわ》ぎに乗じてフィリックスに出頭するようにしつこく命じた。

(それに、父上が私を疎《うと》む理由は私が一番よくわかる。私は肉親を……)

それ以上、オズには言わなかった。家の事情に、極力巻き込みたくはない。

「……驚かせたか」

青い顔のオズに、フィリックスが手ずから茶を注ぐ。人払《ひとばら》いをした食堂は綺麗《きれい》にはなっているけれど、屋敷《やしき》全体に漂《ただよ》う気鬱《きうつ》は拭《ぬぐ》いきれていない。

「なんでっ……なんでフィリックス様がそんな汚名《おめい》を被《かぶ》らなくてはならないのですか」

オズの言葉に返ってきたのは淡々とした言葉だ。

「それほど人外への忌避《きひ》感が強く——それほど、人が弱いからだろうな」

視線を向けられたオズは、二の句を継ぐことができなかった。

（フィリックス様が犯人なわけがない。……ただの髪の色で、そこまで）

国境の町の優《やさ》しさに慣れ過ぎていたのかもしれない。あそこの人々は、オズの魔法《まほう》を……人外の力を当たり前に受け入れてくれているけれど、普通《ふつう》はそうじゃないのだと痛いほどに理解した。祖母が言った『他《ほか》の土地では正体を隠せ』は、悲しくも正解なのだろう。

「私は、フィリックス様を」

オズは続く言葉を飲む。

『信じています』と、無責任に想《おも》いを告げることは簡単だ。しかし、それは――。

（きっと僕がやるべきことじゃない。……本物の若奥様の役目だろう）

黙《だま》り込むオズを見て、何を思ったのかフィリックスが立ち上がる。

「気分の悪い話を聞かせたな。……夕食は好きにしてくれ。せっかく食堂を綺麗にしてもらったのに、すまない」

遠ざかる靴音《くつおと》を追えずに、オズはぎゅうと、すっかり着なれたスカートを握りしめる。

本来ならば、生涯《しょうがい》、着ることのなかった服を。

＊

――瞬《また》く間に、日々は過ぎていった。

（き……今日も眠《ねむ》れない……）

ふわっふわのお布団《ふとん》は今夜もいい香《かお》りがする。アルコール製の香水《こうすい》ではなく、本物の花畑にリネンを干して香りをうつさせたものだとわかる。花精の気配が残っているのだ。

ドロシーのものよりも大きな寝台《しんだい》の上、オズは何度も寝返《ねがえ》りを繰《く》り返した末に起き上がった。

「なんって僕がこんなカワイイ天蓋《てんがい》付きのベッドで寝てるわけ！」

肩《かた》を上下させて叫《さけ》ぶと、天井《てんじょう》が高い部屋に虚《むな》しく響《ひび》く。大声を出してやっと冷静になった。

時刻は午前零時《れいじ》すぎ。薄《うす》いシルクのカーテンを捲《めく》ると、上弦《じょうげん》の月は西方にだいぶ落ちてきていた。眼下の庭は星々の光で輝《かがや》き、朝にはしっとりと露《つゆ》が乗るのだろう。

ここに来てから、やっと二週間が経《た》った。

食堂の掃除《そうじ》を手伝った日以来、オズはフィリックスに距離《きより》を取られていると感じていた。

フィリックスは日々本を読み、茶を飲み、最近都で流行《はや》り出した珈琲《コーヒー》という飲み物を淹《い》れ、甘いものをつまむ。町にも出ない。そして、この屋敷には本当に誰も訪ねては来なかった。

（……城に呼び戻される日を待って、フィリックス様の人生はただ流れていくのだろうか）

彼がそれを望んでいるとは思えなかった。

（だからと言って僕が出張るわけにはいかない。本当に結婚《けっこん》するわけないんだし）

どんな理由でも良い。なるべく穏便《おんびん》に、フィリックスが偽《にせ》ドロシーとの結婚に興味を失ってくれれば良いのだから。

（そう考えると、距離ができたのは良いことじゃないか）

……思った瞬間《しゅんかん》にちくりとした胸の痛みは、なかったこととする。

泡沫《ほうまつ》のように浮《う》かんでは弾《はじ》けていく気持ちを追いかけるうちに、オズは、茫洋と庭に注いだ視線の先に動く何かを見つけた。

「あれ……。今、フィリックス様が通った？」

ここからじゃよく見えない。オズが呪文《じゅもん》を呟《つぶや》くと、絹のナイトウェアに透《す》ける腕《うで》に赤く太い筋が浮かんだ。次の瞬間、オズの手元には荷物の中から飛び出した双眼鏡《そうがんきょう》があった。

「どこに行かれるんだろう。……裏手の森の方？」

庭の先は木が生《お》い茂《しげ》り、低い柵《さく》で区切られてはいるもののすぐに入れる小さな森がある。なんにせよ、普通なら夜中にそこに用事はないはずだ。

そこで、オズは一つピンときた。

フィリックスについて、密《ひそ》かにずっと気にかかっていたことがあるのだ。

それを確かめるためにも、オズは窓を開け放って桟《さん》に足をかけ、飛び降りた。

「――」

唱えるオズに応《こた》えて、柔《やわ》らかな風が体を支えてくれる。大陸を移動する旅の魔法使《まほうつか》いのように、箒《ほうき》を作った方が安定して飛べる。けれど、定住しているオズにそんなものはない。

そのまま、髪《かみ》をふわりと靡《なび》かせて地面に降り、オズは自室から呪文で靴《くつ》を呼び寄せた。

「あれ、おまえ……」

「にゃん」

いつの間にか、足の悪い黒猫《くろねこ》がいた。まるでついてこいとでも言うように、オズの前を歩く。

木の根が絡《から》まり合い、洞窟《どうくつ》のように人が一人潜《くぐ》れるトンネルを作っていた。それを抜《ぬ》けると、月光の入らない鬱蒼《うっそう》とした森に獣道《けものみち》があった。

濃厚《のうこう》な緑の香りが気持ちいい。小動物の足音が、そこここから聞こえる。

歩くうち、唐突《とうとつ》に視界が開けた。ここで猫は、ふいっと脇《わき》に逸《そ》れて消えた。

(あ……)

その先の巨木《きょぼく》の前に白銀の髪を見つけたと思った次の瞬間、きん……と空気が張り詰《つ》めた。

オズの目の前に、鋭《するど》い刃《は》の切先があったのだ。

ぴたりと体を硬直《こうちょく》させたオズの顔を見て、フィリックスが気づく。

「！　なんだ、ドロシーか」

そう言った彼は剣《けん》を鞘《さや》に納め、ふうと息を吐《は》いた。

「……あ、あの、すみません勝手に……」

そう言うと、フィリックスは着ていた厚いカーディガンを肩にかけてくれる。

「春といっても夜は寒い」

(ひいっ。久しぶりにこんなに近くに)

オズはそう心のうちで叫びながら、しかしなんとか細い声で返事をした。

「フィリックス様はお寒くはないですか」

「私は風邪《かぜ》をひかないから。体は強い」

「……でも、眠れていないのですよね？」

そう切り出すと、フィリックスは驚《おどろ》いた様子でオズを見た。

「なぜそう思った？」

クマが濃《こ》いだけでは断言はできない。しかし、この彼が慢性《まんせい》的な寝不足《ねぶそく》だとオズはわかっていた。未《いま》だにオズに味方してくれるあらゆる自然の霊《れい》たちが、オズが知りたいことを時折、唐突に教えてくれるからだ。

しかし、そんなことを言っては魔法使いだとバレる。オズはこう言い訳をした。

「リドル家が運営する病院に、よく出入りするんです。患者《かんじゃ》さまと話すうちに、なんだか勘《かん》が鋭くなってきて……。そうだ、私が眠らせ……お父様からいい睡眠薬《すいみんやく》を持たされているのです。フィリックス様に分けて差し上げましょう」

口を滑《すべ》らせそうになったオズは慌《あわ》てて言い直した。人をよく眠らせる魔法くらいなら、今のオズにもかけられる。ドロシーから一応、と持たされた軽い滋養《じよう》薬に魔法を乗せて、フィリックスに渡《わた》してしまえば効くはずだ。

すると、フィリックスは眉間《みけん》を揉《も》んで言った。

「ありがとう。……正解だよ。戦争があってからはどうも眠れない」

彼の目に、暗い色が灯《とも》る。

「そして、呼ばれている気がしてここに来る」

「ここって……あ」

フィリックスがひらりと体を脇に寄せた。

そのときオズはようやく、巨木の根にある無数の墓標に気づいたのだった。

フィリックスがしゃがみ、静かに言った。

「こちらは、五年前に戦死した騎士《きし》たちのもの。そして、こっちの石碑《せきひ》は私が斬《き》り伏《ふ》せた敵の数ある。……どれも、私のせいで消えた命だよ」

一つ一つは小さい。両手のひらに載《の》りそうな大きさのものが、草が生えていないぽっかりと空いた土地に規則正しく並んでいる。通常、この大きさの墓標は石屋には売っていないはずだ。

(おそらく、フィリックス様が特注したものだ。……なんということだろう)

自嘲《じちょう》ばかりして、自分の気持ちを言わないのはなぜだろうと思っていた。

(もしかして、このお方は……)

――疑問に、一つの答えが浮かんだときだ。

フィリックスの言葉が、オズの思考を遮《さえぎ》った。

「ちゃんとした墓はきっと、皆《みな》の家族が作っている。でも、いてもたってもいられなかった」

フィリックスが目を伏せる。月はもうほとんど沈《しず》んだのだろう。彼の長いまつ毛はなんの光も乗せず、ただ、怜悧《れいり》な目を隠《かく》した。

「こんなことをしても戦いがなかったことにはならない。……剣しかない人生というのは、虚《むな》しいものだったのだろう」

「でもあなたがいなかったら、私も私の親友もきっとあの辺境の町で死んでいました」

咄嗟《とっさ》に言葉が出た。フィリックスがのろのろと顔を上げ、じっとオズを見る。

オズの夜色の長い髪が靡いた。

風はない。魔法使いの彼の周りを、激励《げきれい》する精霊《せいれい》が飛び交《か》っているのだ。

それに勇気をもらって、オズは言った。先ほど浮かんだ答えを確かめるために。

「フィリックス様は、ご自分が楽しむことを罪だと感じていらっしゃるんでしょうか」

「……それはどういう意味だ」

「人間だけでなく、斬った相手のことも覚えているだなんて、並大抵《なみたいてい》のことじゃない。なのに、ご自分のお気持ちには無頓着《むとんちゃく》だ。どう思ったとか、何が好きだとか……全然仰《おっしゃ》らないのは――」

言いながら、オズは思い出していた。

自嘲と皮肉ばかりだった、見合いの日のフィリックスを。

「彼らに、罪悪感があるからですか」

彼ら、と言いながら、オズは墓標を見た。花が添《そ》えられ、石は磨《みが》かれ、フィリックスが毎晩のようにここに来ているのがわかる。

自分の好きなものを心に書き留めていくことは、そのまま、人生を楽しむことにつながる。

オズだって、家族がみんないなくなってからあんなに寒い毎日だったのに、フィリックスのことを追いかけるようになってからは見える景色が変わった。

なのに、彼は自分が何を好きなのかにすら、きっと気づいていない。

「以前、書斎《しょさい》を見せてくださいました。そこにはたくさんの詩集と、植物の図鑑《ずかん》がありました。目印が貼《は》ってあったものも多かったです。お気に入りなのですよね」

「……」

「それに、フィリックス様はお茶の時間に表情が柔らかくなります。甘いものがお好きなのかなって思っていました。お庭の散策も、この芝生《しばふ》も、きっとフィリックス様の好きなものです」

自《おの》ずと、オズが一歩近づく。フィリックスが後ずさる。

「私にとってフィリックス様は英雄《えいゆう》です」

「……やめてくれ」

「英雄という言葉がお嫌《きら》いなら、こう言い換《か》えることもできます。フィリックス様は、あの町の希望だったんです」

ぎゅっとオズは胸元《むなもと》のロケットを握《にぎ》った。

「戦争の直前に、私は大好きな祖母を亡《な》くしました。後に、国境の町を拠点《きょてん》に騎士団が駐屯《ちゅうとん》すると聞いた。……平和は終わる。ついに戦場になるんだと思ったのに、あなたは出征《しゅっせい》前の朝に演説をなさった」

あれは、ほんの十分にも満たないものだった。

けれどオズは、きっと一生忘れない。

「『セラを必ず守る。町を火の海にするつもりも、あなた方を死なせるつもりもない』と、あなたは言った。あの日の青空に舞《ま》う銀髪《ぎんぱつ》も、馬上の力強い声も、まるで神様みたいだった……」

それに、とオズは心のうちで思った。

（フィリックス様のことを人外なのではないかと……竜《りゅう》が人に化けているのではないかと疑う声は、確かにあった。それでも兜《かぶと》を脱《ぬ》いで、頭を隠すこともせず、堂々としていた）

今こんなにも推《お》している理由は、なにも容姿の美しさや戦果だけではない。

「フィリックス様の銀の髪《かみ》は、私にとって希望の象徴《しょうちょう》です」

オズは、隠れ住むことに不満はない。

でも、異質だと言われても胸を張って皆を鼓舞《こぶ》したこの騎士は、同胞《どうほう》の魔法使《まほうつか》いを……家族を失ったオズの中で、唯一《ゆいいつ》無二の存在となった。

「……愛情は、かけた分だけもどってくる」

オズがそう言った時、唐突にフィリックスがハッとしてオズを見た。しかし彼は頭を振《ふ》り、苦しそうに息を吐く。

これはオズの祖母の言葉だ。だから人に親切にしなさい、力を誇示《こじ》することは決してしないようにと。そうしたら孤独《こどく》にはならないからと、彼女は残されるオズに繰《く》り返した。

「あなたは国を……セラの人を愛していたから、あのような演説をなさった。その分の愛情はきっとあなたに戻《もど》ってくる。……なのに、フィリックス様が一番、ご自身を厭《いと》われている。それが、あなたに守られた国境の町に暮らす私は、心底悔《くや》しいのです」

──それきりシンとした森の中、獣《けもの》の息遣《いきづか》いすらない冷たい空気に、低い呟《つぶや》きが落とされた。

「そうか」

フィリックスの手は、剣《けん》の柄《つか》にあった。

「……私の言葉は、あなたの希望になれたのか」

黙《だま》り込んでいた彼が、ぽつりぽつりと、まるで雫《しずく》を落とすように言う。

「詩歌、花、図鑑を見て学ぶこと」

フィリックスが硬《かた》い手のひらを見つめ、指を折る。

「甘いもの。苦い茶。たしかに全部、好きだ。気づきもしなかった」

それから彼は、頭一つ分小さいオズを見下ろして言った。

「あなたはすごい」

短い言葉に、万感の思いがあった。

明るい青色の目だと思っていたけれど、夜のフィリックスの瞳《ひとみ》は濃紺《のうこん》だ。湖のように波打って見えるのはなぜだろう。感情が、瞳に滲《にじ》んでいるからだろうか。

「私は自分に罰《ばつ》を与《あた》えようとしていたのだと、気がつかなかった。楽しんではならないと……何かを好きになることは死んだ者に失礼だと、思っていた。でも、私の言葉が幼いあなたの希望になっていた。それだけのことが、こんなにも……」

（あ……涙《なみだ》が、一粒《ひとつぶ》だけ……）

フィリックスの青い両の空から落ちたそれが、金色に輝《かがや》いて見えた。

今度はフィリックスが一歩踏《ふ》み込み、見上げるオズの頬《ほお》に彼の涙が跳《は》ねる。オズが後ずさろうとした時に、薄《うす》いシャツだけを纏《まと》った両腕《りょううで》がオズを捕《と》らえた。

抱《だ》きしめられて、やっとわかった。

（あったかい。――この人は、神様なんかじゃないんだ）

ぎゅう、と力が籠《こも》る腕《うで》の中、身じろぐことすらできない。

伝わるフィリックスの鼓動《こどう》が速く、厚手のカーディガンに包まれたオズに汗《あせ》が浮《う》かんだ。

「ドロシーに初めて会った時、春を思った。……私は冬にいたままだったのだと、あなたが教えてくれた」

フィリックスの声が震《ふる》えていた。

え、とオズが戸惑《とまど》った時には、フィリックスの薄い唇《くちびる》は額から離《はな》れていた。

額にキスされた。残った温《ぬく》もりが教えてくれる。

フィリックスの目尻《めじり》が、微笑《ほほえ》みの形に溶《と》ける。目を野の狐《きつね》のように細めて笑う人なのだと、

きっと誰《だれ》も知らないだろう。

「……冷たい男だと思ったことだろう。あなたに大逆の疑いを明かしてから、もしや怖《こわ》がられてはいまいかと不安になって……避《さ》けてしまった。情けない」

ざあっと風が森を揺《ゆ》らした。

春の夜は優《やさ》しい。腕の中は温かい。……避けられていた理由を聞けて、安堵《あんど》した。

けれどオズは、その温もりを受け止めきれなかった。

(本当の僕を知ったらどう思うだろう。男で、魔法使いで……あなたを騙《だま》している僕を)

オズは身じろぎした。こんなにも居心地《いごこち》の良い腕の中なのにただ苦しい。

「嫌《いや》か」

そう言われると、途端《とたん》に抵抗《ていこう》できなくなる。

(悲しませたくないんだ、僕は)

騎士《きし》の広い背に回した指に、グッと力を込めた。

(世界で一番……大好きなフィリックス様を)

その「好き」の正体については、まだ目を背《そむ》けさせて欲しい。それよりも今は、独りで生きてきたこの人と体温を分かち合いたい。

言い訳だとはわかっていても、オズは動けなかった。

3　正体

王城の敷地《しきち》の端《はし》に騎士団に与えられた区画があり、修練場や宿舎などの建物が並んでいる。

そのうちの一つ、物見塔《とう》の最上階に二人はいた。

石造の小部屋の中、不用心にも吹《ふ》きさらしの出窓に座るのは黄金の騎士リカルド。ネロ王子付きの証《あかし》である、純白の騎士服を身につけている。胸には副団長の徽章《きしょう》があった。

「いやあ助かったよ、フィルが来るとみんなの士気が上がる。またこっそり、今日みたいに剣の稽古《けいこ》をつけてほしいな。──で？　浮かない顔の訳は教えてくれるんだろうな」

対して、グレーの簡易な服を着て腕を組み、壁《かべ》にもたれるのは白銀の元騎士フィリックスだ。髪を帽子《ぼうし》に仕舞《しま》い込んだ彼は、二人きりの楼閣《ろうかく》でそう問われ、重い口を開いた。

「……うっかりドロシーを抱きしめて額にキスをした。以降、彼女は脱兎《だっと》の如《ごと》く私を避ける」

「照れてるんだろ。こんなお美しい団長にそんなことされて嫌なレディがいるもんかね」

するとフィリックスに無言で睨《にら》まれ、リカルドは両手を上げた。手合わせの時より怖い。

「つまり、お悩《なや》みは距離《きょり》が縮まらないってことだな。ならちょうど良い機会もあることだし、デートしてこい。どうせ団長は引きこもりっぱなしなんでしょうが」

そう言って彼は、ペラと一枚のビラを手渡《てわた》した。

「これ、覚えがあるだろ。騎士団が警備に駆《か》り出される盛商祭……バザールだよ」

それは女王が考案した祭りだ。富の神を祀《まつ》るという名目で国中の品が王都に集まり、農民や官吏《かんり》は農具と書類を置いて町に出て買い物をする。この日の売買には税がかからない。

手渡されたそれを、フィリックスはまじまじと見た。

「たしかに、いい案だな。私は出不精《でぶしょう》で、彼女を王都の観光にすら連れ出せていないし」

「だろ？　今年は過去イチ規模が大きいよ。買い物嫌いのレディがこの世にいるもんかね」

そう口笛を吹いたリカルドを傍目《はため》に、フィリックスはあることに気づいて「これは」と呟く。

「リカルド。この署名、まさか」

フィリックスは紙の一端《いったん》を指さした。

そこにあったのは、「N」の筆跡《ひっせき》。我が騎士へ、とも書いた跡《あと》がある。おそらく肌用油脂《はだゆし》などでインクを浮かせて消したのだろうが、紙の凹《へこ》みはフィリックスの目には一目瞭然《いちもくりょうぜん》だった。

「……団長は目がいいな、相変わらず。人間離《ばな》れしてるのは剣だけじゃない」

「軽口はよせ。これ、ネロ様の署名だろう。殿下《でんか》が貴様に宛《あ》てたものに違《ちが》いないな？」

出窓に手をつ《つ》いて問い詰めると、リカルドはこう嘯《うそぶ》いた。

「さあね。俺の机に誰かが置いてくれてたんだよな。まあ、王子殿下は城下に行きたがってるかもしれないけど、今のご様子じゃ無理と言わざるを得ない。ご体調がすぐれないんだ」

「気を病《や》んでいらっしゃるという噂《うわさ》は本当か？」

フィリックスは久しぶりに忍《しの》んで城に来て、政務官がひそひそと話すのを聞いたのだ。しかし、リカルドは笑《え》みを深めるのみ。そこに、折悪く階下からリカルドを呼ぶ声がした。

「リリウム卿《きょう》！　ここにおられますか、宰相閣下《さいしょうかっか》がお呼びです」

出窓からひょいと飛び退《の》き、リカルドはフィリックスの背を叩《たた》いた。

「アズール様が俺に用だと。ま、とにかくきみは楽しんでこい」

「おい！」

「城は大丈夫《だいじょうぶ》だから。……団長は彼女のことを第一に考えろ。せっかく出会えた人だろう」

殿下のことは俺が考えるから、と、そう小さく言った騎士は螺旋《らせん》階段を駆け下る。白いマントは、暗い塔の石壁《せきへき》に鈍《にぶ》く光って見えた。

その瞬間《しゅんかん》、フィリックスの背中を悪寒《おかん》が駆け上がる。

これだ、この感覚。この感覚に何度も命を助けられてきた。

「――やはり様子がおかしい。リカルドも……この城も、なのだろうか」

ここにいてはダメだ、何かよくないことが起きている――けれど、戦時のものとも違う。

それはじわじわと這《は》い寄るようで、摑《つか》めぬ雲のような寒気だった。

＊

『二人で盛商祭のバザールに行こう。デートだ』

そう告げられた日、オズは『はぇ』と気の抜《ぬ》けた返事をした。

すぐ、無理ですと言おうとした。推《お》しとデート。その響《ひび》きにすら、動揺《どうよう》で汗が吹き出す。だが結局、『デートは嫌か？』と微苦笑《びくしよう》したフィリックスの顔に負け――。

「……さま、ドロシーさま。レディ・ドロシーさま！」

店主の大声でハッと我《われ》に返った時、大鏡の中の自分と目が合った。今やすっかり見慣れた女装姿だ。髪《かみ》の毛もいつの間にか店の者にアレンジされていて、新たなつば広帽《びろぼう》型のヘッドドレスにはミモザが飾《かざ》られている。クリーム色の服と相俟《あいま》って、春爛漫《はるらんまん》の装《よそお》いだ。

「待たせた。会計が終わった」

「え、フィ、フィリックス様その量の請求《せいきゆう》書は」

「どれもよく似合っていたから、試《ため》した全部の布で仕立ててもらうことにした。心配するな、出来上がり次第《しだい》うちに送ってもらう。今日遊ぶ分には、荷物にならない」

「そうじゃなくて……」

「私が見たいんだ。いろんな姿のドロシーを」

そう言われてしまえば、オズはもう何も言い返せない。

都の南のはずれにある、郊外《こうがい》のフィリックスの屋敷《やしき》から馬車で一時間ほど。城塞《じようさい》を囲む首都中が色とりどりの花で彩《いろど》られ、庶民《しよみん》が暮らすフラットから貴族の屋敷、ありとあらゆる商店がこの春の祭りを盛り上げていた。

――店を出ると、途端に人混《ひとご》みの熱気がむわっと二人を包み込んだ。

雑踏《ざっとう》に、多くの笑い声が混ざり合う。煉瓦《れんが》造りの建物のバルコニーからは色とりどりの布や花々が吊《つ》り下げられ、成長していくセラの豊かさを象徴《しょうちょう》するようだった。

壮観《そうかん》だ。

一歩進み、前の人にぶつかりそうになるとフィリックスの腕《うで》が差し出された。一度だけためらってからオズはその前腕《ぜんわん》をそっと掴み、背の高いフィリックスの横顔を仰《あお》ぎ見た。

今日の彼は変装をしている。長い銀髪《ぎんぱつ》はまとめ、目深《まぶか》にかぶったハンチング帽に仕舞い込んでいた。服装もいかにも貴族然としたものではなく、軽装だ。シャツ一枚に片手でジャケットを持った彼は、熱心なオズの目に気づいて「ん？」と視線を合わせてきた。

「いっ、いいえ、あの」

オズが口籠《くちごも》ると、フィリックスが「ふふ」と息をこぼした。

「すまない。……ドロシーの頰《ほお》が赤いものだから」

見惚《みと》れていたことを遠回しに指摘《してき》され、ぼん、と噴火《ふんか》する勢いで真っ赤になる。オズが黙《だま》ったままぷいと前を向くと、慌《あわ》てたフィリックスの声が降ってくる。

「からかったわけじゃない。祭りを楽しんでくれているようで嬉《うれ》しい」

「……気分を悪くしたわけじゃありません。私も、フィ……旦那《だんな》様がご自分のお気持ちを口にしてくださって嬉しいのですから」

オズが素直《すなお》に言うと、フィリックスはオズに摑ませていた手をスッと下げて、ひとまわり小さな手に触《ふ》れる。そのまま指を絡《から》ませて、きゅっと力を込めた。

「……だめか？」

「だめじゃ、な、ないです」

嚙《か》んでしまった、と思った次の瞬間には手をぐいっと引かれた。

「嬉しい。私はドロシーと手を繫《つな》いで歩くのが好きみたいだ。また、あなたのおかげで私は好きなものを見つけられた」

「……僕も、好きだ」

「ん。なんと言った？」

思わずほろりと出た気持ちは、フィリックスの耳には届かなかった。

「私も好きです。——旦那様と手を繫ぐの。ね、旦那様、私あのお店が気になります。蜂蜜《はちみつ》のいい香《かお》りがする」

無邪気《むじゃき》を装って、オズは出店を指差した。

「あっ、あの、もしやあなたはフェローズ団長どの……」

そう、賑《にぎ》わう大通りから一本入った細い道で、フィリックスが二人の騎士《きし》に声をかけられた。

「え」と声を漏《も》らしたオズの横、手を繫いだままだったフィリックスが立ち止まる。帽子の下から光る視線は鋭《するど》く、話しかけてきた若い警備が、ひく、とたじろいだ。

「変装している者を本名で呼ぶとは、現在のフェローズ団長はどのような教育をしている」

「し、失礼いたしました。申し訳ありません」

二人はすっかり恐縮《きょうしゅく》しきりだ。慌ててオズが言った。

「騎士の方ですよね。このハレの日に、お仕事お疲《つか》れ様です」

ドレスを持って礼をした。優雅《ゆうが》な所作に若い騎士たちがどぎまぎしていると、フィリックスが眉間《みけん》の皺《しわ》を濃《こ》くして割って入る。

「それで、お前たちは何の用だ？」

空気がピリついている……と、オズがたらりと汗《あせ》を流した時だった。

騎士の背後、二人の間から、にゅっと一人の男が顔を出したのだ。

「まあまあまあ、久しぶりに憧《あこが》れの元団長と会えた若者が喜んで声をかけたんだよ。デート邪《じゃ》魔《ま》されたからって、そんなに怒《おこ》らなくてもいいんじゃない」

「リリウム副団長！」

金の巻毛に、緑の垂れ目。ドロシーから何度も見せられてきた大量の絵がオズの脳裏《のうり》を駆《か》け巡《めぐ》る。この、騎士二人と肩《かた》を組んで優《やさ》しく微笑《ほほえ》む男は、幼馴染《おさななじみ》の推しの――。

「ほ、本物のリカルド・リリウムだ……」

オズは、初めて対面したその騎士を、目をまん丸にして凝視《ぎょうし》してしまった。

「おや。これはこれは、お噂《うわさ》はかねがね。麗《うるわ》しいレディ、無作法をお許しください」

「え、わ！」

甘く深い香りがリカルドの首元からしていると気づいた時には彼に手を取られ、流れるようにキスをされていた。ちゅ、と軽快な音を立てて唇《くちびる》が離《はな》れ、甘く微笑まれた。

イメージ通りすぎる。

そう思ったのがそっくりそのまま口に出てしまったオズに、リカルドが言った。

「嬉しいな。あなたのような美人に知っていただいてるなんて光栄だ」

推してないとはいえ有名人。オズがたじろいでいると、フィリックスが返事をした。その声は低く、オズには向けられたことのない棘《とげ》を孕《はら》んでいる。

「お前はいつにも増して軽薄《けいはく》だな」

「そんなきみは嫉妬《しっと》か？　モテないよ」

「別に必要ない」

「ドロシー嬢《じょう》がいるものね。フィルが女性と連れ添《そ》って歩く日が来るなんて」

その言葉に、オズはフィリックスと手を繋ぎっぱなしだったと気づいた。思わずパッと離すと、不服げなフィリックスと目が合った。

「あ、あのー。私、外しましょうか。民間人が、騎士様のお話を聞くわけにもいかないし」

「ドロシー、そんな気遣《きづか》いは……」

「レディはお優しい。そうだ、あの辺りに見事な刺繍《ししゅう》の品々が売っていましたよ。ハンカチから魔女《まじょよ》避けの玄関飾《げんかんかざ》り、手袋《てぶくろ》や膝掛《ひざか》けなんかもあったかな。あなたにきっとよく似合う」

フィリックスの声に覆《おお》い被《かぶ》さるように、笑顔《えがお》のリカルドが数ブロック先のカラフルなテント群を指さした。人混みがあって見通しは悪いが、ここから遠くない。

オズがそそくさと立ち去る。フィリックスは腕を伸《の》ばしたが、リカルドに肩を摑《つか》まれて止められた。強い力で体を引かれて、去る姿を追うことは叶《かな》わなかった。

――ドロシーの姿が雑踏に消えると、フィリックスが振《ふ》り返ってリカルドの胸《むな》ぐらを摑んだ。

「……………どういうつもりだ」

ぐ、と彼を引き寄せる。

「リカルド、城に在《お》わすネロ殿下《でんか》の護衛はどうした。城下をふらふらとして、何を考えている」

低く唸《うな》る獣《けもの》のような声で言い、フィリックスはリカルドを睨《にら》み上げた。

フィリックスにはよくわかっている。リカルドは馬鹿《ばか》でも鈍感《どんかん》でも、軽薄でもない。

「お前、私と彼女を引き離しただろう。何が狙《ねら》いだ？　――もしや、ネロ様と何かあったのか」

「……怖《こわ》いなあ、俺は偶然《ぐうぜん》通りかかっただけ。ほら、二人も怯《おび》えてる」

リカルドはへらへらと若い騎士二人に言った。

「もう行った行った、まだ警備のサボりのうちには入らないよ」

「は、はい」

二人が小走りに去っていくのを見届けて、リカルドはフィリックスの拳《こぶし》を引き剝《は》がした。

「力、相変わらず強いね。鍛錬《たんれん》を怠《おこた》ってない証拠《しょうこ》だ」

「お前に関係あるか」

「俺のおかげでバザールを楽しめてるんだからいいじゃん。邪魔したのは悪かったけど、でも」

リカルドが言葉を切る。

すっと、彼の顔から笑みが消えた。とたんに、緑の目は玉のように冷たくなる。

「きみに言わなくてはならないことができた。……ドロシー嬢のことだ」

「なに？」

ひと気のない路地に、リカルドの囁《ささや》きが落ちた。それは、戸惑《とまど》い混じりに聞こえた。

「フィル、気づかないのか？　彼女は、違《ちが》う」

リカルドがフィリックスに詰《つ》め寄った。二騎士が睨み合う。

「何のことだ。言葉遊びをするつもりはっ……」

そこで二人同時に振り向いた。

——大通りの方から、叫《さけ》び声が……女性の絶叫《ぜっきょう》が聞こえたのだ。

「ドロシー！」

人だかりを薙《な》ぎ倒《たお》す勢いでフィリックスが大通りに躍《おど》り出た。

多くの人が不安げにざわざわと囁き合いながら肉の壁《かべ》を成していて、瞬時《しゅんじ》に悲鳴の元まで駆けつけることは叶わない。

見れば、地面に座り込む婦人が一人。フィリックスの視線がさっと上がる。倒れた婦人を背に守るようにして立つドロシーを捉《とら》えた。先程《さきほど》の絶叫はドロシーではなかったのだ。

深呼吸をした。頭に上った血が下がり、状況《じょうきょう》が摑めた。

ドロシーの目の前に、二人の男がいる。酔《よ》っ払《ぱら》っているのだろうか、赤ら顔の二人だ。彼らは見覚えのある緑の制服を着ていた。城勤めの者だ。

（トラブルか……町民のいざこざにドロシーが居合わせたのだろうな）

男二人がこれ見よがしに何かを掲《かか》げている。陽光をギラリと反射するそれは、城で働いていることを表す銅板のレリーフ——政務官の身分証だ。

「彼女は嫌《いや》がっていたでしょう。無理に連れて行こうとするなんて」

そう言って男たちを睨み上げるドロシーに、怪《あや》しい呂律《ろれつ》の男が言った。

「貴様っ……ただの町娘《まちむすめ》ごときがとんだ口を叩《たた》く。お前が代わりに酌《しゃく》をするか？」

凛《りん》と言い放ったドロシーの細腕《ほそうで》が摑まれて、グッと引かれた。彼女は全くひるまないものの、引きずっていかれそうな様子に野次馬からは悲鳴が上がる。

唐突《とうとつ》に、人々の間を疾風《しっぷう》が抜《ぬ》けた。

——何かが地面に落ちる。黒い帽子《ぼうし》だ。

「フィリックス様っ……？」

フィリックスは二人の間、長身をしなやかに滑《すべ》り込ませた。

ばさりと広がる、一つに結わえられた銀の髪《かみ》。眩《まばゆ》く光を反射して、一瞬人々の視界を阻《はば》んだ。

腰《こし》を低くし、抜いた剣《けん》を男の顎《あご》先にぴたりとつけた白銀の騎士《きし》がそこにいた。英雄《えいゆう》の刃《やいば》は、祭りに沸《わ》く都をほんの一瞬で凍《こお》りつかせる。

途端《とたん》に、あたりは水を打ったようにシンと静まり返った。

「……貴様。この娘に何をしようとした」

決して大きな声ではない。

しかし誰一人《だれひとり》、フィリックスを前にして言葉を発することができなかった。まるで存在そのものが抜き身の長剣だ。纏《まと》う空気は近づいただけで体を両断されそうなほどに冷たい。

「答えろ。貴様は彼女に何をしようとした？」

ひく、と男がたじろぐ。威勢《いせい》も酒気もすっかり消えていた。

「き、貴殿《きでん》は、フェローズ元団長どの……」

「いかにも」

フィリックスは切先をそろりと浅黒い男の首筋に這《は》わせた。からん、と音がする。酔漢《すいかん》が、公職者であることを表す銅板を地面に落としたのだ。

光のない濃《こ》い青の瞳《ひとみ》でそれを一瞥《いちべつ》し、フィリックスが言った。

「……ふん。その紋《もん》は宰相《さいしょう》アズール・ルレ閣下の部下か。貴様の行いを知ったらどう思うかな」

ユリアの腹心のアズールは家族も後ろ盾《だて》もない、身一つのたたき上げだ。そんな、君主の信が厚い男の名前を出されて、制服の二人は震《ふる》え上がった。

「しっしかし、今の貴殿は騎士ではない。我《われ》らに剣を向ける資格などありますまい！」

「それに、その娘がどうしたのです。貴族では見ない顔。であればあなたがわざわざお守りする謂《いわ》れはありませんでしょう、どこにでもいるこんな市井《しせい》の女を」

そう、蔑《さげす》むように言われて、ブチと頭のどこかが切れた音がした。

片手で突《つ》きつけた剣のヒルトをグッと掴み、もう片手でフィリックスは立ち尽《つ》くすドロシーの腰を掻《か》き抱《いだ》く。

そのまま腕《うで》に力を込め、彼女の「えっ？」という声ごと、口で受け止めた。

触《ふ》れ合った唇は柔《やわ》らかく、震えている。

驚愕《きょうがく》の顔で目を見開いたドロシーと、怒《いか》りをたたえた青いまなこを晒《さら》したフィリックスの視線が至近距離《きょり》で交差する。

たった数秒が永遠にも思えた時、フィリックスはドロシーの唇を解放し、啖呵《たんか》を切った。

「この女性は私の唯一《ゆいいつ》だ」

フィリックスの怒りは矢のように人の心に刺《さ》さる。

「ここで私に斬《き》り捨てられなかった幸運を土産《みやげ》に、疾《と》く消えるがいい」

沈黙《ちんもく》は三秒間。

――静まっていた民衆が、ドカンと町が揺《ゆ》れるほどの歓声《かんせい》を上げた。「きゃあああ」と何層にも重なって聞こえるのは主に女性たちの黄色い悲鳴だ。

「ドロシー。すまない、大丈夫《だいじょうぶ》か？」

「え、あ……？」

「悪い。……私のせいで、あなたまで衆目に晒された」

だんだん手先が冷えていく。怒りに任せて行動してしまったが、冷静になったフィリックスは青ざめた。腕の中のドロシーに声をかけても、呆然《ぼうぜん》としたまま反応がない。

その時だった。

拍手《はくしゅ》とともに、一人の男の声が柔らかく響《ひび》いた。

「これはこれは、珍《めずら》しいものを見られましたね」

「閣下！」

真っ先に返事をしたのは、彼――宰相アズール・ルレと城で共に働くリカルドだ。

硬《かた》く緊張《きんちょう》した声音《こわね》の金の騎士を一瞥し、アズールは微笑《ほほえ》んだ。

年齢不詳《ねんれいふしょう》のアズールは、青年にも老人にも見える不思議な雰囲気《ふんいき》を纏っていた。薄《うす》い水色の長髪《ちょうはつ》を低く太い三つ編みにして背に垂らし、彼を象徴《しょうちょう》する裾《すそ》の長いガウンを着ている。

特徴的なのは、厚い前髪《まえがみ》だ。目元に怪我《けが》をして、光に弱くなったという眼球は水に溶《と》かしたような青色の髪に隠《かく》されているが、サラサラの毛束の間から瞳を見ることはできた。

金銀の騎士と、文官の長。その三人が集まった路上は再び、俄《にわ》かに静まり返る。流石《さすが》に驚《おどろ》いているフィリックスに、アズールはにこりと微笑んで親しげに声をかけた。

「フィリックス。久しぶりですね、健勝でしたか」

「は……。ルレ閣下もお変わりなく」

固まったままのドロシーを腕に、フィリックスは礼を取ろうとしたが彼に止められた。

「元とはいえ、騎士団長は陛下以外に頭を下げる必要はありませんよ。それに、この素晴《すば》らしい日に、私の部下がご迷惑《めいわく》をおかけしまして……。彼らは羽を伸《の》ばしすぎたようですね」

赤ら顔の二人を指して、彼は言った。するとすぐに、アズールの背後に控《ひか》えていた騎士が、町娘に絡《から》んだ二人をどこかに引きずっていく。人混《ひとご》みが波のように割れる様子が見事だ。

「さて、色々と気になることはありますが……リカルド。あなたはここで何をしているのです」

民《たみ》の手前はっきりとは言わないが、言外に『ネロの護衛はどうした』と責める口調だった。王子は城にいる。体調不良だ、気鬱《きうつ》だと、そんな噂《うわさ》が絶えない十四歳の若い殿下《でんか》は、リカルドを唯一の護衛に指名していた。

すう、とアズールの目が髪の下で細まる。

しかしそれに、リカルドは鋭《するど》い視線で返した。口元には勝気な笑《え》みすらある。

（リカルドらしくない。……今だけじゃない。そうだ、私の庭を訪ねた日からこいつは変だ）

フィリックスが強い違和感《いわかん》を覚えた時、アズールの声が思考を阻んだ。

「ですが、これ以上の騒《さわ》ぎはよろしくないね。それに……できれば彼女に、私もご挨拶《あいさつ》させていただきたかったのですが、またの機会ですね」

「え？」

唐突に言われたフィリックスが瞬《まばた》きをした。

「お嬢《じょう》さんが目を回していらっしゃる。ほら」

そう言われて、フィリックスは気がついた。

腕の中のドロシーは青ざめて……やがて、ぐったりと気絶したのだった。

――集まった野次馬たちの悲鳴が遠くに聞こえる。

キスされた。今度は正真正銘《しょうしんしょうめい》、唇《くちびる》に、しかも人がいる中で。

その上、フィリックスは宣言したのだ。

（唯一。僕が、フィリックス様の……？）

そこまで考えて、オズの胸の内を想《おも》いの濁流《だくりゅう》が襲《おそ》った。

嬉《うれ》しい。

嬉しい、嬉しい、嬉しい！

フィリックスの腕の中で、オズ一人だけが民衆の熱狂《ねっきょう》の外にいた。そんなものよりも熱く、抗《あらが》いきれない感情が、水底から噴火《ふんか》するように足元から脳天までを満たすのだ。

好きだ。

ただ推《お》していた時の気持ちとは、明らかに違《ちが》う。

穏《おだ》やかと言ったら聞こえはいいものの、誰も踏《ふ》み込んできてくれない日々で、たった一輪咲《さ》いた百合《ゆり》のように生きる美しいフィリックス。力を誇示《こじ》せず、剣に驕《おご》らず、ただ静かに死者の冥福《めいふく》を祈《いの》る、優《やさ》しくて……寂《さび》しい男。

彼が一つ一つ自分を明かしてくれる度《たび》に心が乱された。嬉しい、切ない。もっと知りたい、支えたい。守りたい……それは次第《しだい》に形を変え、とっくに恋《こい》になっていた。

「ドロシー」

そう呼ばれて、なぜだろう——オズの心に一つ、冷たい氷が落とされる。

「すまない、大丈夫か？」

フィリックスは気にしているのだ。了承《りょうしょう》もなく、勢いで口付けたことを。生真面目《きまじめ》で優しい騎士《きし》は、懸命《けんめい》に真心を差し出してくれている。

「悪い。……私のせいで、あなたまで衆目に晒された」

しかし、心に落ちた冷たい氷は溶けてはくれない。

(僕は、ドロシーじゃないのに)

そう思った時に、オズの中に失望が芽生えた。……それは無論、自分への失望だ。

初めてだった。ドロシーと呼ばれて、こんなにも切ない気持ちになる日が来るだなんて。

（フィリックス様が心配してくれているのはオズじゃない）

音がどんどん遠のいていく。

（本当の僕を知ったら、こんな言葉をくれることもない）

ふと、霞《かす》む視界の上方に、風に吹《ふ》かれて揺れるものを見た。

（あ……。魔女《まじょ》避けの、玄関飾《げんかんかざ》り……）

刺繍《ししゅう》の工芸品を売る出店が、すぐ横にずらりと並ぶ。その軒先《のきさき》に、色とりどりの糸で炎《ほのお》が模された飾りが商品として吊《つ》り下がっていた。

ゆらゆら、春風に揺れる黒い石と炎の刺繍。

魔法使《まほうつか》いは人間じゃない。ここにいる誰《だれ》とも、オズは違う。

（僕は人じゃなくて、女性でもドロシーでもなくて……）

わかっていたはずだったのに、全く、わかってはいなかった。

（挙句、好きな人を騙《だま》している。馬鹿《ばか》だなぁ……）

やがてオズは、フィリックスの腕《うで》の中で気を失った。

——脱力《だつりょく》したドロシーの瞳《ひとみ》が閉じられる直前、最後にフィリックスは幻光《げんこう》を見た。

彼女の黒い瞳孔《どうこう》からじわりと、水に溶かした絵の具のように黄金が広がって、しかし定着せずに弾《はじ》けて消えた……気がしたけれど、瞳は青ざめた薄い瞼《まぶた》に覆《おお》われてもう見えない。

フィリックスは彼女を抱《かか》え上げた。

気持ちに嘘《うそ》はないけれど、衝動《しょうどう》的に口付けてしまった後悔《こうかい》はある。謝らなくてはならない。

「……私を、嫌《きら》うだろうか」

ふと、そんな言葉が出てきてフィリックスは驚愕《きょうがく》した。

誰かに好かれたいなどという気持ちは幼い頃《ころ》にすっかり殺して、誰も掘《ほ》り返せない場所に埋《う》めたはずだったのだから。

＊

片手に燭台《しょくだい》を持つオズは、薄暗《うすぐら》いフィリックスの屋敷《やしき》を早足で歩いていた。

どういうわけか祭りで倒《たお》れてしまい、自室のベッドで目覚めたのはつい先ほど。ドレスのまま数時間寝込《ねこ》み、今はすっかり夕暮れ時だ。ちょうど様子を見にきてくれていた女中は「旦那《だんな》様はたいそう心配されていました」と泣きそうな顔で言い、こう告げた。

「先ほどお城から女王陛下の私信が届きまして……。明日の朝に城に向かわれることになり、旦那様はこのお部屋から引き上げて、書斎《しょさい》で返書をお書きになっています」

そう聞いたオズは飛び起きて、書斎に急いだ。到着《とうちゃく》するとすぐに、ランプの下でペンを取っていたフィリックスが顔を上げる。

「ドロシー！　もう具合は大丈夫《だいじょうぶ》なのか？」

彼が持つ、硬く目が詰《つ》まった封筒《ふうとう》の封蠟《ふうろう》の家紋《かもん》はセラ家。これが女王からの私信だろう。

「大丈夫です。倒れてしまって申し訳ありません」

オズは微笑んで、きっと春真っ盛《さか》りの日差しと人混みに当てられたのだと言い訳した。

「こちらこそ、申し訳なかった」

す、とフィリックスは膝《ひざ》を折る。そうして、項垂《うなだ》れたまま言った。

「公衆の面前で女性に、しかも……婚約《こんやく》すらしていないあなたに口付けるなど、最低な行いだった。ショックを受けるのも当然だ。どうか、許しをいただけないだろうか」

しんとした本の森の中、オズは曖昧《あいまい》に笑うしかできない。

「許すだなんて……。私が騒動《そうどう》に巻き込まれたのですから」

「しかし」

思い出すと胸が痛い。オズは話題を変えようと、早口で聞いた。

「それより、明朝に王城へ上がるようにと招集があったと……。なにかあったのでしょうか」

オズが水を向けると、フィリックスは安心させるように言った。

「心配せずとも大丈夫だよ。女王陛下は気さくな方で、よく臣下を話し相手に呼ばれることもあったから。泊《と》まりになるだろうから、名残惜《なごりお》しいのだが……」

フィリックスの顔が本当に寂しそうで、オズは胸を締《し》め付けられた。甘い痺《しび》れにまかせて

『僕も寂しい』と言いたくなったものの、それはいけない。

「それは……素晴《すば》らしいことですね！　陛下がご指名だなんて、さすが白銀の騎士様」

本音だ。フィリックスに伝わったのだろう。彼は立ち上がり、柔《やわ》らかく微笑《ほほえ》んだ。

「顔を見せてくれてありがとう。その燭台を貸してくれ。部屋まで送ろう」

そうして一度、額にキスが落ちそうになったけれどフィリックスの体がピタと止まり、「すまない」と苦笑《くしょう》が浮《う》かぶ。反省したらしい彼は決して急がない。優しい人だ。

（きっとこれが、ドロシーとして会う最後の夜になる）

そう思うと、前を歩く背中を見つめただけで切なく――同時に、オズは安堵《あんど》した。

こんなにも好きな男をこれ以上、裏切らずに済むのだから。

＊

「陛下。いったい、いつからこのようなご体調に」

ユリアの寝室《しんしつ》に入った瞬間《しゅんかん》、フィリックスが眉《まゆ》を顰《ひそ》めた。じゃらじゃらと寝台《しんだい》の天蓋《てんがい》から下がるのは大量の魔女避けだ。黒い石の周りに、炎の刺繍が施《ほどこ》されている。

魔女避けと言っても、対象は女性だけでない。人智《じんち》が及《およ》ばぬ力を使う、人間そっくりの生き物――俗《ぞく》に、魔法使いと呼ばれる存在全《すべ》てを忌《い》むお守りだ。しかし千年前の魔女狩《まじょが》りは伝承となっており、魔法使いがどうこうと城で大真面目に話題が上がったことはなかったはずだ。

（……以前、魔法使いを見たとリカルドに相談した時でさえ笑われたのに）

不可解な顔のフィリックスに、起き上がれない女王は布団《ふとん》の下でくすくすと笑った。

「笑っちゃうでしょう。どれもこれも、私を心配した者からもらったのよ。壁《かべ》には人狼《じんろう》避《よ》けに人魚避《よ》け、銀の剣《けん》に聖水なんてものもある。みんな、本当に人外が怖《こわ》いのね」

「でもなぜ、ことさらに魔女避けを……」

「さあて。セラ家が短命なのは、家系の問題なのにねぇ。魔女のせいだと思ってるのかしら」

しかしそう言う彼女は、記憶《きおく》の中の姿からかけ離《はな》れていた。

細い。それに、覇気《はき》がない。燃えるように鮮《あざ》やかだった赤毛はくすみ、赤い瞳も濁《にご》っている。

（まるで老女のようだ）

胸が痛んだ。ユリアは唯一《ゆいいつ》、幼いフィリックスを「異形だ」と蔑《さげす》まない大人だった。胆力《たんりょく》に溢《あふ》れていた彼女がこんなに弱った姿を見るのは辛《つら》い。

「ご覧の通り、もう先は長くないわよ」

「不吉《ふきつ》なことをおっしゃいますな」

フィリックスが跪《ひざまず》くと、女王はまた笑う。

「ふふ。あなた、ずいぶん優しい目をするようになったのね。……アズールから内緒話《ないしょばなし》で聞いています。できれば私が生きているうちに紹介《しょうかい》して欲しいのだけれど」

ドロシーのことだとわかり、フィリックスは口籠《くちご》もった。

「まあいいわ、いずれお城に二人でいらっしゃい。……本題に入るわ」

そう言ったユリアの目に、昔と同じ鋭《するど》さが宿る。

「あなた、ネロに異変があったとリカルドから聞いていますか？」

「……いいえ、なにも」

異変と言えば、あの黄金の騎士の方だ。それは飲み込み、フィリックスは首を振《ふ》った。

「そう。なら……ネロについて何か、不吉な予感はあった？」

真っ直《す》ぐに目を見て聞かれた。女王は、戦後のフィリックスが不思議な力を持ち帰ったと知っているのだ。しかし、フィリックスはまたも首を横に振る。

「私はもう何年も殿下《でんか》にお目見えしておりません。ですから、なんとも」

言いながら、一つ心当たりがあった。しかしそれはネロのことではない。……城全体に漂《ただよ》う嫌《いや》な気配。砂城が瓦解《がかい》していくような焦燥感《しょうそうかん》と、行き場のない不安。

（しかしこれは、不確実なことだ。お耳に入れて不安がらせてはなるまい）

「そう……」

彼女は嘆息《たんそく》した。そして、話すか話すまいかを迷うそぶりを見せてから、口を開く。

「フィリックス。あなたに謝らなくてはと思っていた。この命があるうちに」

跪く騎士と目が合うように、彼女はベッドに体を起こす。その顔には、ありありと無念が浮かんでいた。

「あなたは毒殺騒《さわ》ぎの犯人じゃない。私にはわかります」

「！」

ユリアの断定口調に、フィリックスは驚《おどろ》いた。

「そもそもね、毒殺とは言うけれど、あれは致死《ちし》量の毒ではなかったのよ。しかし、私は真実に辿《たど》り着けなかった。だから、あなたを城に呼び戻《もど》すことすらできなかった。あなたにしつこく嫌がらせをし……芯《しん》から恐怖《きょうふ》している人らを、私は御《ぎょ》しきれなかった」

ユリアが、「ごめんなさい」と言った。

「皆《みな》が心の底から人外を恐《おそ》れ、忌《き》避《ひ》し、排除《はいじょ》しようとしているのは私の責任でもある」

「なにを」

「……五年前、無血の独立を完遂《かんすい》できていたらこんなことにはならなかったでしょう。交渉《こうしょう》のみで独立できていたなら、こんなふうに国を閉ざす必要もなかったのですよ」

「しかし、獣《けもの》の奇襲《きしゅう》は陛下の責任ではありません」

フィリックスは強く言った。ユリアがなぜこんなにも卑《ひ》下《げ》するのかわからないのだ。

「それでも……皆の過剰《かじょう》な恐怖が少しでも和《やわ》らいでいたなら、あなたを、国を救った剣士《けんし》を、こんな馬鹿らしい理由で追い出さずに済んだのかもしれない」

ユリアがフィリックスの銀髪《ぎんぱつ》をじっと見る。

「お願いです」と、訴《うった》えた彼女の目には切実な色があった。

「ネロを助けてください。王子の二人目の護衛官にあなたを任じます」

「あなたしか信用できる者がいないからです。……順を追って話します」

そう言ったユリアが咳《せ》き込んだ。フィリックスが背をさすると、彼女はすぐに持ち直って
「悪いわね」と微笑んだ。

「あの子は必ず、私とは違《ちが》う世を作る。この国は新しい王のもと、必ずや古い因習から脱却《だっきゃく》するのでしょう。――でも、今のあの子は」

言葉を切ったユリアは、暗い目をしていた。

「あの子は、呪《のろ》われている」

肺の中身を全て出すような、深い響《ひび》きだった。

「普段《ふだん》は穏《おだ》やかなのに、突然《とつぜん》、人が変わったようになります。気鬱《きうつ》だ、体調不良だで通していますが、あれは病ではない。城内の誰《だれ》かが関《かか》わっていると思うのに、私は今回も真相を見つけられない有様です。だから、ネロに異変があったこの五年間、城を出ていたフィリックスしか信用できません。……できれば、あなたの大事なお嬢《じょう》さんにも協力をお願いしたい」

「陛下！　なぜ私を」

「なぜドロシーを」

フィリックスは大きく目を見開いた。しかし、女王は答えない。代わりに、血走った目で急いで吐《は》き出すようにこう続けた。

「この国は終戦して間もない。多くの国民が混乱するからと、私は魔法使《まほうつか》いの存在を隠《かく》した」

「は……？　そ、それはどういう」

「私はっ……この後悔《こうかい》を、過《あやま》ちを、次の時代に持ち越《こ》したくはないのです。でも、その次の時代ごと失われようとしているのだわ。ネロが危ないの」

一体何の話ですかと聞こうとしたものの、それは叶《かな》わなかった。激しく咳き込んだユリアはベッドに沈《しず》み込み、フィリックスは急いで人を呼ぶこととなったのだ。

結局、女王の不調で、フィリックスは早々に城を辞した。

ネロの護衛官になれという勅命《ちょくめい》は、書状となって去り際《ぎわ》のフィリックスに手渡《てわた》された。

＊

フィリックスが早朝から王城へ出立した日。

都にはしとしとと雨が降っていた。春の花を落とす雫《しずく》はこの邸宅《ていたく》も重く濡《ぬ》らす。

「……明るい門出でもないから、ぴったりの天気だ」

家に残ったオズは、薄暗《うすぐら》い部屋で一人、魔法の準備に取り掛《か》かっていた。この一日を使って、オズは一ヶ月ぶりの里帰りをするのだ。

久しく会っていない親友の顔を思い浮かべる。

「悪い知らせを持っていくわけだもんなあ……心苦しいけど、でも」

そう、オズは決めていた。替《か》え玉作戦はもう終わりにする。

胸の痛みはすでに看過できないほどで、これ以上フィリックスを騙《だま》すことはできない。

差し出される真心に、一切《いっさい》、何も返せないのが苦しくてたまらなかった。

「そもそも結婚回避作戦《けっこんかいひ》も全然うまくいかない。そりゃそうだよ、推《お》しを前にして正気ってだけで奇跡《きせき》だもの」

冗談《じょうだん》めかして言っても、可愛《かわい》い部屋にはオズ一人。そののちに、「あはは」と自嘲《じちょう》した。

「何言ってるんだ。本当の僕を知られたら、そもそも僕を好きだって言ってくれるわけもない」

だから、ドロシーに許しを乞《こ》うて相談しよう。それしか、オズは考えられなかった。

「遠距離《えんきょり》を一瞬《いっしゅん》で行き来する魔法は今の僕には難しいけれど、チャレンジするほか道はないし。部屋には目隠《めかく》しの魔法をかけた。普通《ふつう》の人間には、僕の魔法は綺麗《きれい》さっぱり見えないはずだ」

部屋のどこかちょうど良い場所、できればドア状になっていて、中が部屋の空間と区切られており、人が難なく入れる場所がいい。オズが目星をつけていたのはクロゼットだ。

「よし。……落ち着いて」

これから行う魔法で、霊道《れいどう》というモノを作り出す。

最強だった頃《ころ》のオズにはお手の物だったのだろうか。今のオズにとっては骨だ。

クロゼットを魔法で部屋の中央に運び、その周りに、密《ひそ》かに持って来た東の森の土で魔法陣《まほうじん》を描《えが》く。以前は想《おも》いを唱えて指を滑《すべ》らせるだけで、好きな魔法を宙に描くことができた。魔力の筆跡《ひっせき》が光るのだ。しかしあれは神業《かみわざ》だ。

「よし。……ここまで書き込んでおけば、どこかの狭間《はざま》に迷いこむこともない、はず」

しゃらりと精霊《せいれい》の羽音。息を吸い、頭に浮《う》かぶ言葉を語り掛けた。

「天駆《あまか》けるあなたの御名《みな》は彗星《すいせい》。疾《はや》く捷《はや》く、時の裏側に僕を運び給《たも》う」

あれ、とオズは眉《まゆ》を寄せる。

もっと呪文《じゅもん》が見つからなくて大変なことになるかと思っていた。詠唱《えいしょう》の内容は決まっていない。魔脈《まみゃく》と精霊と鼓動《こどう》を合わせて、探《さぐ》るのだ。魔力の強さが探る力に関わってくるから今のオズには大変なのに、見えない霊に語りかける言葉はスラスラと唇《くちびる》から滑り出た。

「――澄《す》んだ土、溶《と》け合う空、緑の呼吸。あの森に僕を、運びっ……」

言い終わらないうちに、赤い魔脈が浮かぶ指先が引かれる感覚がした。

ばん！　と大きく開かれたクロゼットの奥、たった一ヶ月間離《はな》れていただけで涙《なみだ》が出るほど懐《なつ》かしい森の匂《にお》いがした。青くて冷たくて、でも優《やさ》しい匂い。木々と獣の芳香《ほうこう》。

オズがそれに身を委《ゆだ》ね――吸い込まれる瞬間《しゅんかん》のことだ。

長く伸《の》ばした黒髪《くろかみ》がなぜだか、煌々《こうこう》と金色に光った。

バタンッと、勢いよくクロゼットの戸が閉まる。只人《ただびと》がそのドアを開こうとも、整然とドレスが仕舞《しま》われているようにしか見えないだろう。

屋敷《やしき》にはただ、常と変わらぬ静謐《せいひつ》な空気だけが残った。

「わっ……とぉ！」

ごん、と頭をぶつけたオズは、やはり不完全な魔法のせいで予期せぬ場所に飛ばされたのだと悟《さと》った。きっとここは居間の木の棚《たな》の中。暗闇《くらやみ》の中でなんとか顔の半分だけ出したオズは、横目に、大事に仕舞い込んでいるフィリックスの姿絵を捉《とら》えた。

引き出しの中に薄緑色の水面――霊道の出口があり、オズはそこから頭を出そうとして低い引き出しの天板に頭をぶつけたわけである。なんとかがたがたと動き回り、引き出しを開けることに成功した。片腕《かたうで》を出してもっと引き出しを開け、上半身を出し、やっと下半身も霊道から抜《ぬ》いたら、ぴちょん、と、薄緑の水面が波打った。

「わあ、僕にしては安定した道だ。……今夜まで持ちそうだな。帰り道にも使おう」

オズはホッと息を吐き、久しぶりに家を見渡《みわた》す。そして、絵画のフィリックスを見下ろした。

(やっぱり……気持ちは変わらない)

もう二度と、以前のように純粋《じゅんすい》に楽しいだけの気持ちでフィリックスを追うことはないのだと思うと切ない。しかし、決意は揺《ゆ》らがなかった。

「オズ！」

ばん、と森の小屋のドアが開かれたのは、日が落ちかけの夕方五時。はあはあと息を切らしたドロシーの姿を見て、オズは彼女に駆《か》け寄った。

「やあ、ひさしぶり。まさかドロシー、ここまで一人で走ってきたの？　疲《つか》れただろう」

昼間にオズはドロシーを訪ねたが、彼女は外出中だと聞いた。だから代わりに、病院や町で困りごとを解決して時間を潰《つぶ》していたのだ。……いずれも、霊道を作った時と同様に難しい魔法もするりと使えてしまって戸惑《とまど》いはしたが、久しぶりに役に立てた感慨《かんがい》は大きかった。

そんなオズに、彼女が勢い込んで聞いた。

「そんなことよりなぜ、突然帰ったの。……もしかしてなにか、酷《ひど》い目に遭《あ》った？」

心配するドロシーの目は本物だ。

「ちがうよ。全然、酷い目なんか遭ってない。……説明するから、座って。今日は町でいろんな人に引っ張りだこだったから、疲れちゃって。ゆっくり話そう」

オズは、座ったドロシーに頭を下げた。

「ごめん。……ドロシーのふりをするの、もうやめたいんだ」

＊

ユリアが臥《ふ》せってしまい、思いのほか早く帰宅したフィリックスの視線の先には、信じられないものが広がっていた。

「――あれは、なんだ？」

ドロシーの部屋から返事がなかったことを不審《ふしん》に思ったフィリックスが戸を開けると、部屋中が水に沈んだようにぐにゃぐにゃと輪郭《りんかく》を失っていた。壁《かべ》も家具も、窓の線も、水面を覗《のぞ》き込んでいるように見えるのだ。

部屋の中央に置かれた衣装ケースをぐるりと囲むように、絨毯《じゅうたん》に何か描いてある。円形のそれは歪《いびつ》で、筆跡は揺らいでいて……絵にも見える文字は、フィリックスには読めない。

それらの周りに、ぼんやりと薄《うす》い黄色の光があった。金色と表現するには弱い。けれど……。

(金色の魔法使いが放ったものに似ている。……ああ、痛い、くそ。考えるだけで頭が痛む)

フィリックスは疼痛《とうつう》を堪《こら》えてメイドに聞いた。

「いつからこの部屋はこうなった?」

しかし、横に立つ二人の女中はキョトンとしている。

「あの、いつも通りのお部屋に見えますが……」

「嘘《うそ》だろ」

フィリックスが一歩部屋に入ると、途端《とたん》に、前方から壁のような圧を感じる。それを浴びて、一瞬で鮮明《せんめい》に思い出した。

あの夜。あの、雪に這《は》いつくばった魔法の夜。

あの日に感じた、立っていられないほどの圧力と同じだ、これは。

しかし今日は足を進められる。なんとか部屋の中央、問題のクロゼットまでたどり着いた。

両開きの戸は閉じられている。

ふいに、ぽた、ぽた、と水漏《みずも》れのような異音がした。フィリックスが音を追って視線を下げると、猫脚《ねこあし》が床《ゆか》から浮いたクロゼットの板から、黄緑色の妙《みょう》な液体が漏《も》れているではないか。

「うわ、なんだこれは」

思わず足を浮かせると、クロゼットが小刻みに震《ふる》えていることにも気がついた。まるで、中にパンパンに詰《つ》まっている謎《なぞ》の液体が今にも溢《あふ》れてしまいそうな……。

フィリックスは腰《こし》の剣《けん》を確認《かくにん》して、ごくりと唾《つば》を飲み込む。

不可思議なことばかりだが、フィリックスの勘《かん》は不吉《ふきつ》を告げていない。それだけを頼《たよ》りに、フィリックスは両手をクロゼットの持ち手にかけた。

その瞬間、耳元で誰《だれ》かがささやいた。

『そうよ。待っていたのよ。あなたが来るのを』

『それに、あなたの愛が満ちるのを。私たち、もう五年も』

『はやく、はやく返してあげて。甘い甘い金の蜜《みつ》を、星震の子に』

その言語をフィリックスは知らない。にも拘《かか》わらず、意味がわかる。

「なんだ、これっ……は⁉」

両手を僅《わず》かに引いた瞬間、勢いよくクロゼットが開く。中から滝《たき》のように水が溢れ、しかし濡《ぬ》れた感覚はなく、クロゼットの内側にとてつもない勢いでフィリックスは取り込まれた。

「う、わぁあああ！」

叫《さけ》びの残響《ざんきょう》が消える。ほんの一瞬のうちに、フィリックスの体は完全に飲み込まれた。

あとはただ、精霊たちの楽しげな笑い声が部屋に満ちていた。

――ごん、と後頭部が何かにぶつかった。木材の角のような感触《かんしょく》だ。

(痛い)

フィリックスは、木でできた古びたチェストの引き出しの中段に移動していた。引き出しは半端《はんぱ》に開けられており、中の板に薄緑の丸い水面がある。そこから顔だけ出ているのだ。

(どこだここは……それにこの、薄緑の水は何なんだ!)

ここはオズが自宅に繋《つな》げた霊道《れいどう》の出口だが、彼は知る由《よし》もない。

丸い水面の中から自分の体が生えているのだとわかって、フィリックスは腕《うで》を伸ばした。腕は抵抗《ていこう》なく薄緑色の何かの中からにゅっと出てきた。不思議と濡れた感覚はない。両手を引き出しの板につき、グッと力を入れて穴から出るようにして体を抜く。

そこでようやく、視線が高くなったフィリックスは気がついた。

目の前にテーブルがある。誰かが向かい合って座っている。

「……心配しないで。私は大丈夫《だいじょうぶ》よ」

赤色の派手なドレスを纏《まと》った女性が口を開いた。彼女は髪《かみ》を一つに結んだ男の顔を覗き込んでいて、なんだか修羅場《しゅらば》めいた光景に、フィリックスは口を挟《はさ》むわけにもいかない。

「大丈夫よ、オズ。無理をさせて、本当に申し訳なかったわ。一緒《いっしょ》に解決策を考えましょう」

言いながら青年を抱《だ》きしめる少女に、青年が言った。

「ドロシー、どうか僕に謝らないで」

「ドロシーだと……？」

聞き捨てならない名前が聞こえ、思わずフィリックスが呟《つぶや》いてしまった時にはもう遅《おそ》い。

この部屋にあるはずがない第三者の声に、若い二人はハッと顔を上げる。

涙《なみだ》の跡《あと》が残る青年はあんぐりと口を開け、女性はガタッと勢いよく立ち上がって震え出す。

「お、オズ、オズちょっとどういうことなのよっ……」

それから彼女は、フィリックスの方を指差して叫んだ。

「あなたのフィリックスの横に、立体のフィリックスがいるわよ！」

その叫びに、フィリックスは「は？」と眉《まゆ》を寄せた。

横。そう聞いて横を向けば、ソレとバッチリ目が合った。

「うわ、なんだこれは……私の絵、か……？」

引き出しの中。何枚かのポストカードには、毎朝鏡で見る顔があったのだった。

フィリックスが、床にへばりついて頭を下げるオズの頭上で深く息を吸ったのがわかった。

「それで……最初から、あなたはドロシー・リドル嬢《じょう》ではなかったということか」

脚《あし》を組んで座った彼に聞かれ、くぐもった声で「そうです」と返事をした。

フィリックスが土下座するオズのそばに片膝《かたひざ》をつく。ドロシーはフィリックスに追い返され、部屋には二人きり。オズは彼の顔が見えず、声音《こわね》からも感情はわからない。

「顔を上げてくれ」

そう言われても、オズには到底《とうてい》できそうになかった。

(なんで普通《ふつう》の人間に霊道が通れたんだ……。見えもしないはずなのに)

この日が来るのは覚悟《かくご》の上だったはずだ。しかし、いざ直面すると怖《こわ》くて仕方がない。

(怒《おこ》っているだろうか。そうに決まってる)

バザールの日に初めてフィリックスの怒《いか》りの感情に触《ふ》れた。あのときのゾッとするほど冷たい声を自分に向けられるかもしれないと思うと、途端に体が凍《こお》りつく。

けれど、恐《おそ》れる自分も嫌《いや》だった。嫌《きら》われて当然なのに、いちいち傷つく自分が情けなかった。

そんな時、ため息が聞こえて背中が震えた。

「想像もしていなかった。ドロシーは男で、魔法使《まほうつか》いだった。私は何も知らなかったんだな」

オズはじわりと再び目に涙がたまる。泣く資格などない。なのに、改めて言われるとつらい。

きっと次に続く言葉は、オズに対する苦言だろう。フィリックスは口汚《くちぎたな》く罵《ののし》ることはないけれど、それでも文句の一つくらいは出るに決まっている。

けれど、オズの耳に届いたのは、全く異なる言葉だった。

「安心した」

「え……？」

思わず僅かに顔を上げた。頭にぽふっと置かれたのは、フィリックスの大きな左手だ。

「あまりに関係が進展しないから、もっとまずい事情があるのかと思っていた。不治の病だとか、心に決めた別の人がいるだとか。そうじゃないのなら、私にもまだ可能性はある……よな？」

心底安堵《あんど》したような声だったが、オズには何を言っているのかさっぱりだ。

「そろそろ、私はあなたの目を見て話したい」

「え、わっ！」

脇《わき》に手を差し入れられて、べりべりと床から剝《は》がされた。抵抗する間も無く、力強い腕にぎゅうっと捕《と》らわれて、床に座ったままフィリックスに抱《だ》き込まれたのだ。

「うわっ、けっ……化粧《けしよう》してないです、見ないで……」

微《かす》かな声を無視し、フィリックスがオズの唇《くちびる》に指を置く。

「黒い瞳《ひとみ》。長いまつ毛」

オズは戸惑《とまど》い、ただ呆然《ぼうぜん》とするしかできない。

「広い額。厚い前髪《まえがみ》。小さな鼻と薄桃色《うすももいろ》の唇。黒檀《こくたん》の髪。なにも、変わらない」

指は、オズの頰《ほお》に触れる。堪えきれずに落ちる涙を親指で拭《ぬぐ》い、フィリックスは瞳を伏《ふ》せた。

「……また、あなたを泣かせてしまった。出会った時もあなたは私を見て泣いた」

「え……あ、ご、ごめんなさい。わたっ……じゃない、僕……泣くつもりなんか、なくて」

フィリックスはオズの瞳を追い、奥に銀箔《ぎんぱく》が舞《ま》う青い目に正直な気持ちだけを込めて言った。

「あなたを、本当の名前で呼んでもいいだろうか」

「え……？」

フィリックスは、今度はオズの左手をとって聞いた。

「あなたの本当の名前を知られて嬉《うれ》しかった。さっき本物のドロシーが呼んでいただろう」

繋いだ手に力がこもる。オズは反射的に引こうとしたが、フィリックスがそれを許さない。

「だから私に、あなたの名前を呼ぶ権利が欲しい」

真摯《しんし》な声に、とうとうオズは我慢《がまん》が利《き》かなくなった。

「ごめ、なさい、ごめんなさいっ……ごめんなさい」

声をあげて泣くと、抑《おさ》え込んだ嗚咽《おえつ》も涙も際限なく出てきてしまう。こんな幼い子供のような振《ふ》る舞いをしたくなかった。大好きな男の前で、涙でぐちゃぐちゃの顔を晒《さら》したくなかった。

なのに、感情が溢《あふ》れて止まらないのだ。

何度謝っても、この優《やさ》しい人の真心を弄《もてあそ》んだことは変わらないのだと思うと、自分がとてつもなく汚《きたな》い人間に思える。

「泣くな」

フィリックスがオズの髪に指を差し入れた。首元の結び目が解《ほど》け、はらりと散る。

骨が軋《きし》むほどに抱きしめられた。今まで、フィリックスが遠慮《えんりょ》してくれていたのだとわかる力の強さだった。泣き声以外の音のない夜の部屋の中、オズの本音が溢れ出た。

「ぼ、ぼくを、嫌わないで」

オズは咄嗟《とっさ》に後悔《こうかい》したけれど、フィリックスはすぐに言葉をくれる。

「嫌いになるものか」

「でも、僕はあなたをずっとずっと騙《だま》してっ……」

「それはもうさっき聞いた。謝罪も十分してもらった。いいか、私は怒ってなんかいないよ」

オズが顔を上げる。フィリックスが腕の力を緩《ゆる》めて、オズを見下ろして微笑《ほほえ》んだ。

「それに、私だってもしかしたら翼竜《よくりゅう》かもしれんぞ」

フィリックスは冗談《じょうだん》めかして銀の髪を解き、大きく口を開いて鋭《するど》い犬歯を見せた。つるりと白い歯が尖《とが》っている。赤い舌先が細い。オズが目を奪《うば》われた瞬間《しゅんかん》、フィリックスがオズの顎《あご》に指を添《そ》えて、もう一度聞いた。

「先程《さきほど》の問いに答えてほしいな。私に、あなたの名を呼ぶ権利を」

迫力《はくりょく》ある青炎《せいえん》の目に負けた。オズがただ頷《うなず》くと、次の瞬間には本当の名前を呼ばれた。

「あなたが好きだ。オズ、愛している」

僅《わず》かに入れたランプの火が、重なった影《かげ》を濃《こ》く染める。

(どうしよう。どうしよう、どうしよう、名前を呼んでもらえることがこんなに)

こんなに嬉しいだなんて。

顔に血が上る。

騙していたのにとか、長年追いかけていた憧《あこが》れの人なのにとか、そういった考え事がぶわっと体の中から剝がれて浮《う》いて、ぱん！　と雲散霧消《うんさんむしょう》したような感覚がした。

フィリックスは眩《まぶ》しさに目を閉じた。

——次の瞬間に異変に気づき、周囲を見渡《みわた》して叫《さけ》んだ。

「ん……オズ。オズ？　……うわ、なんだこれ！」

ゴッと火の音がした。竈《かまど》と暖炉《だんろ》、部屋中のオイルランプに火が灯《とも》って薄暗《うすぐら》い空間が昼間のように明るくなる。火はまるで踊《おど》るように激しさを増したが、不思議と危機感はなかった。

窓が開き、春の夜の風が吹《ふ》き込んで二人を祝って撫《な》でた。風が運んできた色とりどりの花弁《はなびら》が殺風景な部屋に舞い込み、床《ゆか》にしゃがみ込むオズとフィリックスの周りに積もっていく。

「ちょっと待ってくれ、オズ、これはあなたが？」

思わず立ち上がったフィリックスは声を上げるが、オズはぺたんと床にへたり込んだままだ。

ぼんやりと虚空《こくう》を見つめるオズの周りに、くるくると回る星の幻《まぼろし》を見た。

そんな彼の大きな目は黒々としていて……チカッと、鋭い光があったのは見間違《みまちが》いだろうか。

夜空に浮かぶ星のようで、月のようで——金の光はミモザの花弁のごとく散って消えた。

（前にも、これを見たよな。バザールの時に、オズは私の腕《うで》で気を失って……）

そこに、軽快な拍手《はくしゅ》の音がした。誰《だれ》かいるのかと体を固まらせたが、音源を発見して驚《おどろ》いた。

棚《たな》の上の絵。しかしなんと、絵の中の人は動いていて、笑顔《えがお》で手を叩《たた》いているではないか。

「なんだこれは。なんなんだ、誰だお前たちは？」

近寄ると、その絵が飾《かざ》られている棚の下の引き出しに、例のフィリックスの姿絵がある。

「そうだった。これの謎《なぞ》がまだ解けていないんだった……」

ずいぶん美しく描《えが》かれている。実物よりも目が大きい気がするのは気のせいではないだろう。

それに、こんな華美《かび》な服をフィリックスは着ない。が、絵には見覚えがあった。何年か前、ユリアが「需要《じゅよう》もあるんだし作らせたらいいじゃない」と言ったおかげで、ときたま王府謹製《きんせい》の物として売られているらしい高額なレア品ではなかったか、これは。

フィリックスは青い顔をして、片手でぞんざいにポストカードを持ち上げた。

その時だ。床にへたり込み、魔力《まりょく》を垂れ流しにしていたオズが、今まで見たことがないほどの俊敏《しゅんびん》な動きでフィリックスの傍《そば》に駆《か》け寄ったのだ。

「みっ見ないで！　僕のフィリックス様を見ないでください！」

「僕のフィリックス様だと……？」

絵をさして言われてムッとした。思わずさっと手を高くあげて絵を遠ざけると、オズは魔法を使うことにも思い至らないのかぴょんぴょんと跳《は》ねている。

「違《ちが》うんです、本当に違うんです！　僕はフィリックス様のストーカーでも、厄介《やっかい》な付き纏《まと》いでもないんです。ただ、フィリックス様を応援《おうえん》させて欲しいっていうだけの……」

そう言われても、フィリックスはぽかんとするしかできない。

「……つまりあなたはその、私の舞台《ぶたい》や伝記が好きな類《たぐい》の人間、ということだろうか」

フィリックスは自分がなにやら持ち上げられているのを知っている。町に出ると騒《さわ》がれ、時に屋敷《やしき》にひそかにやってくる女性もいる。いつになったら恋人《こいびと》になってくれるのかと書かれた珍妙《ちんみょう》な手紙がポストに投函《とうかん》されていたこともあった。

けれど、実家や城では疎《うと》んじられているままだ。そのせいで、自分の創作物が人気を博することは、正直言って対岸の、それも迷惑《めいわく》な火事という認識《にんしき》だった。

「それにしても、オズは三つも秘密ごとがあったのだな」

しみじみ言うと、オズの絶望的な声がした。

「バレた、推《お》しに何もかも……。どう考えても気持ち悪すぎる。重罪だ……」

オズは頭を抱《かか》えている。それに連動するように、部屋中の花がしおしおと小さくなって火も消えるからフィリックスは「おお」と感嘆《かんたん》した。

（あの夜の、金髪《きんぱつ》金眼の子供は神のように厳《おごそ》かだったが……魔法使いにも色々いるらしい）

フィリックスはしゃがみ込んで、頭を抱えるオズの前で、自分の横に絵を持って並べて見せた。大事な話が済んでいないのだ。

「それで、あなたはどっちの方がいい。一つだけ選ぶなら」

「え？　ひとつ……？」

「だからこの虚構《きよこう》と私とどっちの方がいいんだ？」

　こともあろうにオズは逡巡《しゅんじゅん》するではないか。フィリックスは眉間《みけん》に皺《しわ》を寄せて言った。

「絵はオズを抱《だ》きしめないし、絵は返事をしないぞ」

「しっ知ってますそんなこと！　でもですね、ただの絵っておっしゃるけどそのフィリックス様は僕が一人だった時もずっと支えてくれたんですよ」

「じゃあこれからは俺がその役目だ。この絵はもう用済みでいいだろうが」

　しまった。幼少期に体に叩き込まれた貴族らしい話し方が、勢い余って乱雑な言いようになってしまった。なのに、オズは目をきらきらさせてぶつぶつと言うではないか。

「わあ、去年の春の舞台のフィリックス様みたい。あれは脚本家《きゃくほんか》の解釈《かいしゃく》が独特でフィリックス様は実は乱暴で男らしい話し方をするんじゃないかってことで作られた演劇だったんだよね」

「……虚構の私の方が好きか」

　言っていることは半分異国語に聞こえたが、オズが目の前の自分を見ていないことはたしかだ。胃がジリジリする感覚に襲《おそ》われたフィリックスは絵を棚に置いた。

　それに飛び付こうとしたオズの体を背中から捕《つか》まえて、ぎゅうと抱きしめた。

「なあ、本物の私じゃつまらないいか」

「え!?　ち、違います僕ったらつい宝物に夢中になってしまって」

「……私もあなたの宝物に入れてはくれないのか？　馬鹿《ばか》らしいと思ってくれるなよ、私は自分の絵に、劇に、こんなにも嫉妬《しっと》している」

　耳元で、小さな声で告白した。すると、萎《しお》れたはずの花がまた、ポンッと音を立てて咲き乱《みだ》れ、それを最後にサラサラと端《はし》からカラフルな光になって消えていくのだ。

　気持ちが魔法になって出てくるなんて難儀《なんぎ》なものだと思うけれど、可愛《かわい》らしくも思う。オズが照れて喜んでくれているのが、手のひらに感じる鼓動《こどう》以外でもわかるからだ。

　永遠を誓《ちか》う指輪が嵌《は》められるのは薬指だ。そこに口付けて、とオズの左手を捕まえる。

　フィリックスは懇願《こんがん》した。

「私をあなたのものにしてほしい。好きだと思っているのは、もしや私だけだろうか」

　まだオズから気持ちを聞いていない。聞いたのは嫌《きら》われたくないなどという、一生心配しなくていい願いだけだ。

「はあ……暴れてくれるなよ」

「ぎゃっ！」

　オズを抱えて持ち上げたら叫ばれた。彼をこうやって抱《だ》き上げるのは二度目だった。

「全く頑固《がんこ》だ。あなたを説得しないとな。口説き落とすなんて、人生でやったことがないから長丁場になりそうだ。あなたとゆっくり話せる部屋は？」

「……ぼ、僕の家にそんな場所はないです」

「ならベッドは」

顔を覆《おお》って照れていたオズが、手を外して愕然《がくぜん》とフィリックスを見上げた。信じられない、と顔にデカデカと書いてある。

「あはは。冗談《じょうだん》だよ……とでも言うと思ったか」

笑《え》みを引っ込めてフィリックスがいっそ苛立《いらだ》ちを乗せた視線を注ぐ。

「んっ……ふぁ、っ⁉」

押し付けるだけでなく、舌でオズの唇《くちびる》をなぞった。驚いた彼が薄《うす》く口を開けた瞬間《しゅんかん》に舌を滑《すべ》り込ませた。

「う……ん、んぅ」

舌を絡《から》ませた。逃《に》げようとするのを許さず、じゅ、と水音がするほど強く吸った。

「ふぃ、りくすさま、もう許しっ……ん」

口を離《はな》してオズの様子を見たら、とろんとした目で言われた。素直《すなお》じゃないのは言葉だけだ。遠慮《えんりょ》なくもう一回熱い口内に侵入《しんにゅう》したら、背にしがみつく手に力がこもって愛《いと》おしい。

フィリックスの足が寝室《しんしつ》に向かう。半開きだった戸のせいで、ベッドの場所はわかっていた。足でドアを開け、フィリックスは視線だけで夜半の寝室を見た。

「っあ、い、息が」

「鼻でするんだよ」

言いながら、オズを冷たいシーツに下ろした。寝返《ねがえ》りを打って逃げようとする彼に覆い被《かぶ》さったら、長い銀の髪《かみ》がオズの体の周りに滝《たき》のように落ちた。

オズの右腕《みぎうで》を持ち上げて自分の胸につけた。届いているだろう。伝わらない気持ちに焦《あせ》って、格好悪くも緊張《きんちょう》しているフィリックスの鼓動が。

「わかったか」

「でも僕は」

「まだなにか？」

焦りが苛立ちに聞こえたのか、オズは小さく謝罪してから消えそうな声で言った。

「……あ、あなたにずっと愛してもらえる自信が、僕にはない……」

思わずそうこぼしたオズの声は、涙《なみだ》に震《ふる》えていた。

手の甲《こう》を目元に当てて、ぽろぽろと本音を紡《つむ》ぐ。

「あなたのことが憧《あこが》れなんです。ほ、んとうに、寂《さび》しかった時も、かなし、かったときも……おばあちゃんに会いたくて、会えない時も、ずっと……」

孤独《こどく》はいつだって影《かげ》のようについて回った。

その影をひとときだけ消してくれるのが、目の前に覆い被さるこの男だった。

「フィリックス様のこと、考えるだけで、幸せな気持ちになれっ……たんで、す」

容姿だけじゃない。功績だけじゃない。髪を忌《い》まれても切らず、人と違うことを隠《かく》さず、ただまっすぐ前を見ていた彼の強さに強烈《きょうれつ》に惹《ひ》かれた。

「あなたは……僕にとっての神様だから、かみさまに愛されるかなんて、ずっとずっと飽《あ》きずに愛してもらえるかなんて、わからっ……ん、んむっ……」

薄いベッドに押さえつけられるように、フィリックスにもう一度キスをされた。唇が触《ふ》れる合間に、必死の声音《こわね》でフィリックスが言う。

「私は神なんかじゃない。あなたと同じただの男だ」

心を丸ごと見せてくれるかのような、飾《かざ》り気のない言葉だった。

「オズが好きだよ。……この先の人生で、気持ちを証明する。だから……」

フィリックスの声は真剣《しんけん》だ。オズは銀の檻《おり》に閉じ込められたまま、この世界に二人きりになったような錯覚《さっかく》を覚えて、フィリックスの顔を見る。彼は切なく嘆息《たんそく》した。

「せめて、本心を聞かせて欲しい。……今でなくても、いつかでいい。約束してくれないか」

月光が差す。青い目に輝《かがや》きは増し、痛々しいほどの気持ちが惜《お》しみなくオズに注がれる。

それでも、オズは明確なことを言えなかった。

「わかりました。……いつか、必ず、約束します」

必ず伝える。本当の気持ちと、決断を。でも、いまはできない。

臆病《おくびょう》さに、オズは嫌悪《けんお》を抱いた。けれど、安請《やすう》け合いなどできようもない。

――いま考えるだけでも、問題は山積している。

（僕はフィリックス様の重石《おもし》になるばかりだ）

魔法使いはセラの人に受け入れられない。まして、貴族なら尚更《なおさら》だ。フィリックスの父は金持ちの娘《むすめ》を所望《しょもう》しており、貧乏《びんぼう》で男で人外だなんて、到底《とうてい》お呼びでないだろう。

（……それにもう、二度と失いたくない）

オズの心のうちに、家族の顔が浮《う》かんだ。事故死した両親、寿命《じゅみょう》を燃やし尽《つ》くした祖母……。

唐突《とうとつ》に、チカッと脳裏《のうり》に点滅《てんめつ》するものがあった。

そうだ、この気持ち。……この恐《おそ》れ。

――もう何年も前、同じ恐れを抱かなかったか、己《おのれ》は。

恐怖《きょうふ》に震えたまま魔法で、そう、この森の丘《おか》に……雪舞《ま》う白銀の丘に、喪服《もふく》を纏《まと》い……。

オズを見下ろすフィリックスは、ひとときまぶしさに目を閉じた。

組み敷《し》くオズが光ったのだ。かあっと烈《はげ》しく、ほんの一瞬《いっしゅん》の金の光が小屋を、森を満たす。

「ごめんなさい……あ、たは、望んでなど……なかった、のに……」

不可解なことを呟《つぶや》くと同時に、オズは意識を失う。

フィリックスが、心配と当惑《とうわく》を綯《な》い交ぜにした顔で言った。

「バザールの時と同じだ。何が起きている」

4　入城

女王崩御《ほうぎょ》の報《しら》せが東の国境にもたらされたのは、オズとフィリックスが目覚めた直後だった。城の使いは一昼夜を駆《か》け抜《ぬ》け、幾度《いくど》も駿馬《しゅんめ》を乗り継《つ》いでセラ中に知らせた。急いで霊道《れいどう》を通り帰還《きかん》すると、城から使者が来ていた。

手渡《てわた》されたのは、女王の遺言《ゆいごん》状。

フィリックスはネロの護衛に、そして連れの女性、と名がぼかされたオズは、女王の客人として城に逗留《とうりゅう》するようにと記されていたのだった。

「フィリックス」

広い城の夜は暗く、政務官が務める棟《むね》以外は月明かりを頼《たよ》りにしているところも多い。賓客《ひんきゃく》の部屋がある廊下《ろうか》でそう声をかけて来たのはアズールだ。フィリックスは、長らく埃《ほこり》をかぶっていた騎士《きし》団の紅《あか》い正装をまとっている。

「どうしました、閣下」

「いえ、なに……昼の無礼を詫《わ》びなくてはと」

「？　あなたが私に無礼を働いたとは思わないが」

フィリックスの言葉に、アズールは「あはは」とまるで少年のように無邪気《むじゃき》に笑った。フィリックスよりも一回り年上の男だが、時折無垢《むく》な顔を覗《のぞ》かせる。

「騎士殿《きしどの》は天然ですね。私が無礼を働いていなくとも、政務官はひどい態度だったでしょうに」

たしかに、フィリックスが再び城に呼ばれたと喜んでいるのは、身分の低い兵卒のみである。貴人からは遠巻きにされ、父からも忌まれていることが知れ渡《わた》っていた。当のフィリックスは、共に来たオズのおかげか以前のように傷つくこともなく、いっそ懐《なつ》かしいとすら感じていた。

「あなたは変わらずご自分の評判には無頓着《むとんちゃく》だ。ユリア様が最後まで心配されていましたよ。フィリックスはやっと平穏《へいおん》を手に入れたようだったのに、再び城に招いてしまったと」

髪の隙間《すきま》から覗く水色のアズールの目元はユリアに似ていた。そんな男の言葉を待って、フィリックスはただ彼の顔を見た。

「それで……フィリックスに随伴《ずいはん》していらっしゃったレディは」

「ドロシーなら部屋です。爵位《しゃくい》持ちの娘でもないから、この有事に社交は不要だ。彼女も含《ふく》めて私たちは城内で自由にしていいと、私宛《あて》の遺言にあったと思いますが」

アズールは、全く問題ないと頷《うなず》いた。

「ユリア様のお墨《すみ》付きなのですから、あの方の言葉通りになさって。驚《おどろ》きましたよ、あなたに婚約者《こんやく》がいるだなんて」

「……婚約者ではなく、あくまで」

「セラ最大の薬商の二代目として城に招く、でしょう」

そう言いつつ、アズールは二人の仲を察したのだろう。密《ひそ》かに、中で通じている二部屋に通してくれたあたりにも気遣《きづか》いがあった。

「ユリア様のご命令は、暫《しばら》くの殿下《でんか》の護衛でしたね。……詳《くわ》しくはフィリックスに一任してあるとのことですが、大丈夫《だいじょうぶ》でしょうか」

「問題ない。いずれ、閣下にも相談することと思う」

そんな時だった。二人に声をかける者がいた。

「フィル！　と、閣下もおられましたか」

リカルドだ。真っ白の軍服に、同じく白に金糸の刺繍《ししゅう》が施《ほどこ》されたマントを身につけていた。

「リカルド。どうした、こんなところまで」

「きみに話があって、用を済ませて追って来た。閣下も、フィルに急用でございましょうか」

「いいえ、何も。五年ぶりなので、挨拶《あいさつ》をと思ったのみですよ」

二人のやりとりに緊張があると感じたのは、フィリックスの勘違《かんちが》いだろうか。

「リカルド。済ませた用とは、殿下の説得でしょうか」

「説得？」

ピクリと眉《まゆ》を動かしたフィリックス。リカルドは笑顔《えがお》のまま黙《もく》した。

「ネロ様は不安《ふあん》に駆られ、体調もすぐれず、あなたを頼りにしている。あなたからひとときも離《はな》れたくないとおっしゃるのを、私も聞きました。なのに、説得してまでフィリックスの元へやって来た。いずれ王になる方をお守りすること以上に大事な用とは一体何ですか」

アズールの言葉には筋が通っている。一方で、リカルドはこう返した。

「無礼を承知で申し上げますが、あのお方を甘やかすわけにはいきません。この城に警備は多い。にも拘《かか》わらず、私がいないと落ち着かないなど、本来あってはならないことだと思いますが……宰相《さいしょう》閣下はあのお方に弱い王になられることをお望みでしょうか」

笑顔のまま譲《ゆず》らない二人に、仕方なしにフィリックスが間に入った。

「……閣下。この男とはすぐに話を済ませます。明日《あした》から私もネロ殿下のお側《そば》に侍《はべ》ることになるし、リカルドから聞いておかなくてはならないこともあるはずだ」

そのフィリックスの言葉に納得《なっとく》したのか、免《めん》じてくれたのか。新体制に心配が絶えないらしいアズールが苦笑《くしょう》した。


「おいリカルド、なんださっきの態度は」

「悪いね。いろいろあるんだよ、俺にも。……そして、きみに早急に話さないといけないこともある。部屋は貴賓《きひん》室か？　豪華《ごうか》なものだな、俺は殿下の寝室《しんしつ》横の小部屋だというのに」

客室がある城の南の離れに人が少なく、今は客もいない。

「そのいろいろを、俺に話す気はあるのか？」

「おや、聞いてくれる気があるだなんて珍《めずら》しい。あ、待って」

ドアを開けようとしたフィリックスの手を取って、彼は途端《とたん》に声を潜《ひそ》める。

「……ドロシー・リドルと来ているというのは本当か」

眉を顰《ひそ》めて頷くと、リカルドは参ったように額に手を当てて言った。

「きみ、彼女の正体にまだ気付いていないのか」

「なんの話だ？」

そういえば、バザールの日にもリカルドは言っていた。ドロシーのことで話があると。

その時、控《ひか》えめな声と共に小さく扉《とびら》が開いた。

「あの……ご、ご内密のお話かと存じますが私にも聞こえてしまいそうで……」

オズだ。彼はドアの隙間から、迂闊《うかつ》な二人に声をかける。するとリカルドは言った。

「この際だ。はっきりさせておきたいから、あなたもいるところで話そう」

「おい！」

断りもなく部屋に入ろうとするリカルドを、フィリックスが止める。しかし彼はオズを押し退《の》け、強引《ごういん》に扉を閉じた。

それから、神妙《しんみょう》な顔で二人を見比べて言った。

「フィル。気づかないなんて、由々しき問題だぞ」

「なに？」

難しい顔をしたリカルドは数秒沈黙《ちんもく》すると、覚悟《かくご》を決めた表情でフィリックスを見た。

「驚くなよ。……俺の見立てだと、ドロシー嬢《じょう》は女性じゃない。男だ」

その言葉に、ざあっと青ざめたのはオズだった。

一方でフィリックスは目を見開き、立ち尽くし——そうして、一言。

「なんだ。そんなことか」

そう言い放ったものだから、驚いたオズとリカルドは勢いよく彼を仰《あお》ぎ見たのだった。


「なんだ、もうわかっていたのか！　いやはや、どう伝えようかと悩《なや》んだ時間を返してくれよ」

悠々《ゆうゆう》とソファで寛《くつろ》ぐリカルドに、向かいに座るフィリックスはじとりとした視線を向ける。

「手の感じが明らかにご婦人のものではなかった。おいフィル、友達に向かってそんな変態を見る目をするな。……にしても、すごいな。美しい花のようなレディに化けている」

「あの、それで、僕の悪行にお怒《いか》りではないのでしょうか……」

居た堪《たま》れないオズが言う。先ほど、フィリックスがリカルドに顛末《てんまつ》を全部話した。替《か》え玉お見合いから、女王の命でオズまでここに来ることになったことも。

ただ、フィリックスはオズが魔法使《まほうつか》いだとは決して言わなかった。

（ずいぶん親しい間柄《あいだがら》のように見えるけれど……それでも警戒《けいかい》されているのは、先王陛下からの密命があるからだろうか）

オズはフィリックスから話は聞いている。ネロの様子がおかしいことと、何者かが裏で糸を引いている可能性についてだ。

しかし、リカルドは笑って言った。

「なに、別に俺に関係ないさ。フィルが決めたことだろう。それよりも、きみの入城はユリア様のご指示だと聞いたが、そちらの方が心配だ。どうせフィルは俺に全部話しちゃいないんだろうが、何か事情があるにしても、オズに待ち受けてるのはお偉方《えらがた》の冷遇《れいぐう》と嫌《いや》みだと思うよ。新王即位《そくい》に伴《ともな》って、なんとかのし上がってやろうっていう魑魅魍魎《ちみもうりょう》しかいないからな」

そう聞き、オズはさらに気が重くなった。オズはまだ魑魅にも魍魎にも出会っていないが、なぜ自分が呼ばれたのかすらも判然としないのだ。

（そもそも結婚《けっこん》の件も、今後についても――僕の気持ちも、何も整理がついていない。ただなし崩《くず》し的に女王のご遺命に従ってるだけだ）

とにかく急転に飲まれて、フィリックスとゆっくり話し合えてもいないのだ。

そこですっくと立ち上がったリカルドは、二人に言った。

「さて、俺はそろそろ子守に戻《もど》らないと。王子はピリピリしていらっしゃるから。ともかく、ひとまずは平和なこの城へようこそ。歓迎《かんげい》しよう」

するりと片手を前に回して頭を下げ、顔を上げた時には物憂《ものう》げな表情は消えていた。

「明日から、手筈《てはず》通りにフィリックスはネロ様のお部屋へ。それから、オズも来てほしい」

オズが目を丸くした。

「まあ……打ち解けられるかは、あのお方のご機嫌次第《きげんしだい》だが」

＊

「お初にお目にかかります。ドロシー・リドルと申します。殿下におかれましてはご機嫌麗《きげんうるわ》しく、ご拝謁《はいえつ》の機会を賜《たまわ》れましたことを光栄に思います」

そう言ったオズはなるべく柔《やわ》らかい印象を与《あた》えるべく微笑《ほほえ》んで、グレーのドレスを持って礼をした。しかし、座ったままの彼から返ってきた反応は予想とずいぶん異なるものだった。

「東の町からここまでよく来た。リックとフィルから話を聞いている、貴女《あなた》は大きな商家の後《こう》継《けい》でずいぶんな目利《めき》きだと」

しっかり者という言葉が似合う少年の笑顔は、故郷の町に建つユリアの像を思い起こさせる。短く切った赤い髪《かみ》。飾《かざ》り気のない服装は白に金。母よりもやや茶みが強い瞳《ひとみ》は銅色で、スッとした猫目《ねこめ》と意志が強そうな面差《おもざ》しはよく似ている。ネロはまだ線が細く、美少年という言葉が似合った。

一方で、通されたネロの私室は窓が少ないのか薄暗《うすぐら》く、内向的で閉鎖《へいさ》的な印象が強かった。事前に聞いていたような気分屋だとは到底《とうてい》思えない。

「我がおもてに何かついているか？」

「い、いえ、あの」

オズはネロを、ずいぶん古風な話し方をする少年だと思った。

(王様らしく振《ふ》る舞《ま》おうとしているのかもな。若い国を引き継《つ》ぐプレッシャーは相当だろう)

ネロは苦笑した。

「ドロシーは正直者のようだ。……私が正気でない時の評判をリックあたりから聞いたか」

「ご無礼を。しかしまさか私めも、今日の殿下がこんなにもご体調が良いとは思わず」

リカルドがスッと膝《ひざ》を折って跪《ひざまず》く。浮《う》わついた雰囲気《ふんいき》がこそげ落ちたリカルドは新鮮《しんせん》だ。

そんな中で、足を組み替えたネロが言った。

「ふむ、たしかに不思議な気分だな。……今日も寝起《ねお》きは吐《は》き気に悩まされた。それに、我が騎士《きし》にはずいぶんな醜態《しゅうたい》も晒《さら》したことと思う」

悪かった、と跪いた騎士と真っ直《す》ぐに目を合わせて言うネロに、リカルドは「滅相《めっそう》もございません」と返す。

しかし、ネロの指先が言葉とは裏腹に震《ふる》えている。そこで、オズは確信を得た。やはりこの少年は、君主らしく振る舞おうと無理をしているのだ。

「だが、私がいつまでこのような体調でいられるかわからない。……今は嘆《なげ》いている暇《ひま》もなさそうだしな。手短に、私の容体を話そうか」

そうして、オズとフィリックスは王子が座る卓《たく》の向かいに招かれた。

そこでオズは気がついた。

（この部屋は、窓が少ないわけではない）

大きな窓も小さな窓も締《し》め切られ、バルコニーに通じる硝子《ガラス》扉も封鎖《ふうさ》され、何かから守るように分厚い遮光《しゃこう》カーテンで覆《おお》われているのだった。

「つまり、一日の大半で頭に靄《もや》がかかったようになり、正体不明の不信感や焦燥感《しょうそうかん》に襲《おそ》われておられる、と」

「そうだ」

フィリックスの言葉にネロが頷《うなず》く。濃《こ》く煮出《にだ》した茶を啜《すす》る彼は困り果てて眉《まゆ》を寄せる。

「大体は頭痛に吐き気。夜は悪夢ばかり見て、もう何年も安眠《あんみん》からは遠い。さらに最悪なことに私は幼児退行したようにすらなる。記憶《きおく》は朧《おぼろ》げだが、おそらくその度《たび》にリカルドに縋《すが》り付いているな。こうして正気に返る度に、真面目《まじめ》な黄金の騎士殿《きしどの》は困ったような顔をするから」

「困ってなど……御心《おこころ》が安らかな時間が長く続けばいいと願っているのみにございます」

ネロは今度はフィリックスに言った。

「バザールで、リックとそなたらが偶然《ぐうぜん》かちあったと聞いた。フィル、驚《おどろ》かせただろう。あれの顚末は私のせいなのだ。私が幼子のようになって、バザールに連れて行って欲しいとリカルドにねだったらしい。そんな私を憐《あわれ》んで、彼は土産《みやげ》を探しに行ってくれたんだよ」

その言葉に、リカルドが複雑そうな顔をする。……どうやら、ネロの言った言葉が全《すべ》てではないらしい。しかし、フィリックスに追及《ついきゅう》する余裕《よゆう》はなかった。

ネロは、表情に悔《くや》しさをのぞかせる。

「……私は母が作ったセラを、より良いものにしたい。しかしどうして、この体《てい》たらくだ。薬で解決できたら良いのだが、御家の商品に妙薬《みょうやく》はあるか」

彼は今度はオズを見た。実直な瞳に応《こた》えるべく、オズは言った。

「ございます。眠《ねむ》りを快適にする物ならば、今すぐにでもお渡《わた》しできます」

「！　本当か」

パッとネロの顔が華《はな》やぐ。笑顔《えがお》になると年相応に可愛《かわい》らしい少年だ。しかし彼はすぐさま笑みを引っ込めて、元の顔に戻った。若い王子は幼さを脱《ぬ》ぎ捨てようと必死なのだ。

しかし、止める声があった。リカルドだ。

「待て、その薬の商工会の認可証《にんかしょう》はあるだろうか。それに、典医の署名がないと困る」

「リック。私の病気は国中の名医が匙《さじ》を投げたのを忘れたか」

「得体が知れない薬ならどうするんです」

「子供に言い聞かせるように言うな。……不愉快《ふゆかい》だ」

言い争う主従に割って入ったのはフィリックスだ。

「畏《おそ》れながら殿下《でんか》。私もくだんの薬を飲み、戦後長らく続いた不眠が嘘《うそ》のように解消しました。無論副作用などもない。私の名にかけて、名薬だと保証しましょう」

フィリックスは、あの日のオズがフィリックスに渡した薬に魔法《まほう》をかけて眠らせたのを知っている。同じ手を使おうとしたオズに、助け舟《ぶね》を出してくれたのだった。

「いいだろう？　リック」と、睨《にら》む若い主人に、ひとまわり年上の騎士は苦い顔をした。

「あなたは何に呪《のろ》われておられるかもわからない身。外から邪《じゃ》が入らないように窓を封鎖しても、口に悪いものを取り込んだのなら本末転倒《ほんまつてんとう》だと私は思います」

ネロは、リカルドの言葉に気色ばんで立ち上がった。

「まだそのような世迷言《よまいごと》を口にするのか。そもそも窓から邪が入るとは何事だ。どこかの寺院の祈禱《きとう》師の言葉を信じるなんて、千年前の魔女《まじょ》狩りの逸話《いつわ》じゃあるまいに」

「しかしお母上も同じことをおっしゃいました。宰相《さいしょう》閣下も、ユリア様も、この部屋が安全であるようにと心を砕《くだ》いて……」

「母は亡《な》くなる直前に気が弱くなっておられた！」

「言わせていただくが、あなたは正気がない時のご自分を覚えておられない！　到底、ただの病気だとは思えない有様なのです、ネロ様」

口論に発展する二人の前で、フィリックスは指先で顎《あご》を撫《な》でた。

（リカルドもユリア様から同じ話を聞いたのか。ならば、リカルドは信用に値《あたい》するのか？）

その時だ。突然《とつぜん》、ネロの体がガクリと折れた。

「あ……くそ、くっ……」

倒《たお》れ込み、短い爪《つめ》が頭をかきむしる。リカルドがネロのそばに膝をついて必死に声をかけた。

「どうなさいました、また発作《ほっさ》が」

「い……たい、痛い、痛い、引き裂《さ》かれっ……た、助けてく、れ」

リカルドの腕《うで》に必死に追い縋るその顔に、フィリックスは驚愕《きょうがく》した。先程《さきほど》までの聡明《そうめい》な若い王子の姿はどこにもない。乱心し、脂汗《あぶらあせ》を浮かべ、瞳は虚《うつろ》に彷徨《さまよ》ってリカルドの姿すら見えていないようだ。

——フィリックスの横で、ふわりと風が動いた。

オズが立ち上がって、緊張《きんちょう》した面持ちで窓辺に駆《か》けて行ったのだった。

そうして、オズの行動に二人が目を見開いた。

彼は渾身《こんしん》の力で、重い一枚布のカーテンを引いたのだ。

それは端《はし》が壁《かべ》に打ち付けられており、仕立てのいい生地《きじ》は力尽《ちからず》くで裂くことすら難しい。悟《さと》ったオズが小声で何事か唱えた。それが魔法だとわかったのはフィリックスだけで、数秒の後にカーテンは破れて床《ゆか》に落ち、薄暗い部屋にはさんさんと陽《ひ》の光が入る。

「リカルド様。私はリドルの病院で学んだことがあります」

「なに？」

「人は陽の光を必要とします。どんなに元気な人でも冬場は気分が沈《しず》み、雨が続くと陰鬱《いんうつ》になるものでございます。まずは、澱《よど》んだ空気を排除《はいじょ》して陽光を入れることが先決かと」

そう話すオズが何かを強く踏《ふ》みつけているとと気がついたのは、フィリックスただ一人。ドレスの裾《すそ》から見え隠《かく》れする黒い物を、靴先《くつさき》でゴリゴリと砕かんばかりに力を込めていた。

（オズの右手が光っている。外光に混ざってわかりづらいが、あれは魔法に違《ちが》いない）

そうこうしているうちに、後ろ手に隠した指先で必死に光の線を描《えが》いたオズの手が止まる。

それと同時に、ぱりん、と音がした。

小さな音だった。鋭《するど》い聴覚《ちょうかく》を持つフィリックスしか気づかないほどの。そして次の瞬間《しゅんかん》には、たしかに部屋が一段と明るくなったのだ。

リカルドも気づいたようで、「なんだ……？」と顔を上げた。彼の肩《かた》に縋るネロも今にも嘔《おう》吐《と》しそうにもがいていたのに、ぴたりと動きを止める。

「おや。……不注意で、こちらを割ってしまったようです。カーテンの裏にあった物ですね」

そう言ったのはオズだった。オズは屈《かが》み、指先から光を放って割ったそれを拾い上げた。

巨大《きょだい》な窓を背に立つ彼の手のものを見て、真っ先に口を開いたのはフィリックスだ。

「手鏡だ……」

割れた鏡の表面は、インクをこぼしたように黒ずんでいた。

「……私はもしやまた、正気を失ったのだろうか」

息も絶え絶えの様子のネロが、力尽《ちからつ》きて倒れた。リカルドは咄嗟《とっさ》に主君の体を抱《だ》き留める。

騎士に身を預けたネロはよろよろとオズの方を向き、悔しそうに視線を下げた。

「くそ……戴冠式《たいかんしき》までになんとか、この忌々《いまいま》しい症状《しょうじょう》を消してしまいたいのに」

呟《つぶや》く若い王子の声は苦悩《くのう》に満ちている。逡巡《しゅんじゅん》した様子だったオズは、やがてこう言った。

「殿下、リカルド様。……私に、時間をいただけますでしょうか」

＊

「何が起きている」

夜を待って部屋に戻《もど》って開口一番、フィリックスに言われたオズは「しー」と指を立てて、それから片手をあげた。

「──守り隠せ瞼《まぶた》に重石《おもし》を。只人《ただびと》の耳には音楽を」

歌うような声は呪文《じゅもん》だ。

「綺麗《きれい》なフレーズだな。もしや、魔法で聞き耳を立てられないようにしたのか」

（なぜ、人間に呪文が聞き取れる……？）

オズは目を瞠《みは》った。そういえば、フィリックスが霊道《れいどう》を通れた謎《なぞ》も解決していない。だが今はそれどころではないと、気を取り直して言った。

「そうです。でも敵が僕よりも強い魔法使いなら厄介《やっかい》だ。意味がなくなります」

「待て、敵が魔法使いだと？」

「はい」

言いながら卓《たく》につき、燭台《しょくだい》に火を入れる。オズは、密《ひそ》かに持ち帰った手鏡の破片《はへん》をテーブルに置いた。

「これが、ネロ様の不調の原因です。しかし一部に過ぎない」

「うまく言い表せないが……私はこれを今すぐに窓から投げ捨ててやりたい気持ちになる」

フィリックスの言葉に、オズが頷いた。

「魔力の残滓《ざんし》を感じます。嫌《いや》な力だ。なのに、割合簡単に壊《こわ》せてしまった。……ネロ様の体調不良の原因も、眠れない理由も、これだったのだろうと思いますが、本来ならばこんなに簡単に壊せる代物《しろもの》だけでできる魔法じゃない。殿下は数年かけて、おかしくなられたのですよね？」

「そうだ。先王からそう聞いている」

「ならば、似たような道具が……呪《のろ》いが込められているから、呪具とでも言いましょうか。これが城の他《ほか》の場所にもあるはず。でも、この魔法が何なのか僕にはわからない」

悔《くや》しげに俯《うつむ》くオズの前で、フィリックスはあることを思い出して言った。

「ユリア様は亡くなる前、『魔法使いを隠した』とおっしゃった。魔法使いの存在をとうに承知していたということだろう。……まさか、オズが魔法を使うということも、ネロ殿下のことに魔法が嚙《か》んでいるともわかって招いたのだろうか。ネロ様を守り、解決して欲しいと」

オズが顔を上げると、フィリックスは改めて最後の面会について仔細《しさい》に話した。

「……私は、みすみすオズを危険に巻き込んだことになるな……」

フィリックスは深くため息をつく。

「魔法使いが敵だとは、つゆほども考えていなかった」

沈鬱《ちんうつ》なフィリックスの言葉に、オズが言った。

「あの……僕も、家族以外の同胞《どうほう》を見たことがないんです。だから、判別できるかどうか。それに、相手の目的もわかりません。だってユリア様は、このように呪われたことなどなかったのでしょう。セラをどうこうしようにも、なぜ不安定な混迷期《こんめいき》から五年も経《た》った今更《いまさら》……」

言葉を切ったオズは続きを言うか迷ったが、フィリックスに目で促《うなが》され、言った。

「……ひとは、犯人が魔力を持つとわかったら、全《すべ》ての魔法使いを狩《か》りたがるでしょうか」

「オズ」

「僕も決して、魔法使いだと露見《ろけん》してはならないんだと、ここに来てやっと身に染《し》みました。国境の町は特別だったのですね」

フィリックスは黙《だま》り込む。

ややあって、苦虫《にがむし》を噛み潰《つぶ》したような顔の彼の言葉と、オズの言葉が重なった。

「逃《に》げるべきだ。あなただけでも」

「でも、何も手立てがないわけじゃない。僕ができることに全力を尽《つ》くします」

拳《こぶし》を握《にぎ》りしめて、つとめて明るく言ったオズにフィリックスの狼狽《ろうばい》した声が応《こた》える。

「！　しかし、たとえ犯人を捕《と》らえたとして宰相閣下や民《たみ》にどう説明する。こんなことが起きた以上、魔法使いの印象は取り返しようもないほどに最悪になった。あなたまで正体がバレて吊《つる》し上げられるかもしれない」

人外を恐《おそ》れるばかり、人は冷静な判断をできない。オズも同じく糾弾《きゅうだん》される可能性があった。

しかしオズは言った。

「僕に逃げろとおっしゃいましたが、それは無しです」

「なぜ」

「……僕はまだ、あなたとの約束を果たせていないから」

そう言ったオズの声は、揺《ゆ》るぎないものだった。

東の森で交《か》わした約束がある。フィリックスの思いに返事をし、本当の気持ちを話すとオズはそう誓《ちか》ったのだ。

フィリックスは咄嗟に言った。

「しかしっ……それとこれとは違う。あなたがここにいると危ない。私の遥《はる》か何倍も」

「でも、もしもここで……ここで僕たちが別れて、万が一、二度と会えなかったら」

オズが言い淀《よど》んだ。大きな瞳《ひとみ》をすっと伏《ふ》せる。

「僕は……僕はあなたに、何も返せないままになってしまう。ここで僕だけ逃げて、フィリックス様のお役に立てないまま、約束も守れないままこれっきりになったら嫌だ」

わがままだと思った。今すぐに彼の気持ちに応えて逃げてしまったほうがいっそフィリックスの心労が少ないのかもしれない。

それでも、そんなおざなりなことはしたくない。あの夜、オズの正体を分かった上で真摯《しんし》な心を差し出してくれた彼に失礼だ。

オズが強い眼差《まなざ》しで見つめると、フィリックスは言葉を探す様子で言いかけては口を閉じた。

そして、何度目かで彼は眉《まゆ》を寄せて苦笑《くしょう》した。

「私との約束を持ち出すか。あの夜、強引《ごういん》にあなたに迫《せま》ってとりつけたものだろうに」

「いいえ。……いいえ。フィリックス様はいつも、僕のことを一番に考えてくださいました」

だから、今度も逃げろと言うのだ。国もネロも、ユリアの遺言《ゆいごん》も心残りだろうに、真っ先にオズを危険から遠ざけようとしてくれる。

「大丈夫《だいじょうぶ》。少なくとも僕が魔法使いだと露見するようなヘマはしません」

オズの言葉に彼は「根負けだ。オズは強いな」と手を上げた。

「まったく。そもそも魔法使いの存在を受け入れたら、こんな隠密《おんみつ》めいたことをしなくても良くなろうものが。人間は臆病《おくびょう》な上に頭が硬《かた》くて敵《かな》わん」

ふん、と皮肉げに笑うフィリックスは脚《あし》を組み、面倒《めんどう》そうに眉間《みけん》を揉《も》んだ。

そんな言いように不意に気持ちが楽になり、オズが笑いを漏《も》らす。

「ふふ。その言い方だと、フィリックス様が人間でないみたい」

「頭が柔《やわ》らかくなるなら、別に人間じゃなくてもいいさ」

そうして、二人のやるべきことは決まった。

オズは密かに魔法《まほう》の痕跡《こんせき》を探し、フィリックスはネロの身柄《みがら》を守る。

しかし一体誰《だれ》が魔法使いなのか。その答えは出なかった。

(少なくとも、ネロ様の居室に入れる者。……まさかな)

フィリックスは立ち上がり、妄想《もうそう》を振《ふ》り切るようにかぶりを振った。

＊

ある午後、オズは部屋で唸《うな》っていた。どうすれば根本的に、ネロを呪《のろ》う魔法を破壊《はかい》できるのかが分からないのだ。

南の庭園、北の庭園、植物が生《お》い茂《しげ》る温室。ボールルームに地下の食料庫、さらには屋根の飾《かざ》りにまで。王族の居室や廟《びょう》といったオズには入れない場所は未《いま》だ調査できていないものの、人目から逃《のが》れる魔法を駆《く》使《し》して探し回って、手元には信じられないほどの呪具が集まった。

「まだ一週間も経っていない。なのにこんなにも……」

オズとフィリックスの客室の床《ゆか》にずらりと並べたそれらは、全《すべ》てオズが力ずくに近い魔法で破壊した。どんよりと、底冷えする魔力の残滓がこびりついている。

「ハンカチ、櫛《くし》、本に靴磨《くつみが》きのブラシまで。どれも魔法具ではない、ただの人間の道具だ」

そうして、必死に記憶《きおく》をたぐる。

「この手の魔法に覚えがある。一つ一つがあった場所をすべて線で結ぶと、大きな魔法陣《まほうじん》になるはず。……対象はネロ様ただ一人。直接傷つけず、殺そうともせず、新しい王の体調不良と不安を引き起こして何をしようとしているんだろう」

ネロの戴冠式《たいかんしき》まで、残り十日もない。

戴冠式に向けてフィリックスは多忙《たぼう》を極《きわ》め、オズと別行動を取ることが多かった。五年の間に城が増築したり官の体制が変わったりと、色々と知らなければならないことも多いのだとか。

——唐突《とうとつ》に、コンコンコン！　と、細かくノックの音がした。フィリックスはやらない仕草だ。使用人だとしても、彼らは必ず名乗る。

誰が来たのだろうと、オズの体に緊張《きんちょう》が走る。しかし、聞こえてきたのは意外な声だった。

「ドロシー、居るか」

ネロの声だ。急いでドアを開けると、焦《あせ》った顔をしたネロが一人きりで立っていた。

「殿下《でんか》、このような行動は」

「緊急事態だ。……謁見《えっけん》の広間に、フェローズ公爵《こうしゃく》が来ている」

「え？」

「隠居《いんきょ》しているフィルの父だ」

謁見の広間が、玉座がからのいま、かわりに宰相《さいしょう》や他の重臣に客人が目通りする場だとはオズも聞き及《およ》んでいる。そこに、なぜフィリックスの父がいるのだろう。この数年は高齢《こうれい》を理由に領地に引き上げ、政治の場には顔を出さなかった男のはずだ。

「起きて、体が軽かったからリックを捜《さが》した。急な来客で、広間に行くと走り書きがあった。……私から無断で離《はな》れることはない。おかしいと思って覗《のぞ》いたら、まずいことになっていた」

「まずいこと……？」

ざわりと背中を悪寒《おかん》が撫《な》でる。

オズの手を取り、ネロが言った。

「さきほど、ほんの数分聞き耳を立てていたのだが……公爵が、フィリックスの出自について大臣やら宰相やらの前で明かしているようだった」

「出自……」

何を言っているのか、オズにはわからない。ほとんど同じ身長のネロの銅色の目を食い入るように見つめるオズに、ネロが言った。

「戸惑《とまど》うのはわかる。出自も何も、フィリックスはフェローズの長男だ。しかし、ご当主と夫人が揃《そろ》って城に上がってきたのだ」

ネロは口籠《くちご》もり、迷いに満ちた声で続けた。

「なんでも、フィリックスは元は捨て子なのだと……」

聞いた瞬間《しゅんかん》に、オズは言葉を失った。

（どういうことだ……）

そう思いながらも、一つ、思い出したことがある。見合いの日、フィリックスは雑草を見ながら不可解なことを言ってはいなかったか。『幼い頃《ころ》は毒のない草花が命綱《いのちづな》でもあった』と。

（そうだ。それに、お住まいだってやっぱりおかしいんだ）

あの荒《あ》れた屋敷《やしき》に、救国の騎士《きし》を住まわせるフィリックスの父。

いくら銀髪《ぎんぱつ》が不気味だからといって、我が子をあのがらんとした寂《さび》しい家に独り住まわせるだろうか。

──ネロすら置き去りにして走り出した足に任せ、オズが辿《たど》り着いた広間は騒然《そうぜん》としていた。

「貴殿《きでん》は気でも狂《くる》ったか。突然《とつぜん》この多忙なときに城に来て我々《われわれ》を招集したかと思えば、御子息《ごしそく》の生まれについて報告だと？」

「フェローズ公。公の言葉は俄《にわか》には信じ難《がた》い」

「いくらフィリックス殿《どの》をお厭《いと》いになっておられようと、流石《さすが》に妄言《もうげん》がすぎます」

誰もいない玉座を前にして、中央に立った焦茶《こげちゃ》の髪《かみ》をした初老の男に詰《つ》め寄る人々。しかし男──フェローズ公爵は、据《す》わった目で言うのみだった。

「あの子は拾い子だ。フェローズの血など、一滴《いってき》も流れていない」

掠《かす》れた声を震《ふる》わせ、男は言った。

「……先の偉大《いだい》な女王が、フィリックスを再び城に招集したと屋敷で聞いた。とんでもないことだと思った。私の招いた過《あやま》ちが後を引き、どこの馬の骨ともしれない者が新王陛下の護衛官などという重要な任務に就《つ》くなど言語道断。例の事件以降、私がフィリックスを騎士団長から降ろすよう進言したのは、我が一門が抱《かか》える秘密のためだったというのに」

フィリックスの父である男の声はひどく疲弊《ひへい》している。

もはや従僕連中も立ち聞きしているような騒《さわ》ぎだ。若い淑女《しゅくじょ》の装《よそお》いをしたオズの到着《とうちゃく》に誰も頓着《とんちゃく》することなく、ざわざわと彼らは口々に噂《うわさ》をする。「嘘《うそ》だろう」「拾い子だって?」「ならあの髪は本当に人外かもしれない」「ユリア様を騙《だま》して、騎士団長に」……。

もみ合う人々の中にリカルドの姿があった。彼は懸命《けんめい》に「今ここでする話ではないでしょう」と叫《さけ》んでいるが、若者の言葉に誰も耳を傾《かたむ》けない。

「どこ、どこにいる。フィリックス様はっ……いた」

フィリックスの特徴《とくちょう》的な銀髪が、彼の父、公爵のすぐ横に見えた。

セラの貴族にとって血脈は何より重要で、誇《ほこ》りだ。

それが根本から否定されたのだ。フィリックスは窮地《きゅうち》に立たされているに違《ちが》いない。

悔《くや》しかった。星震《せいしん》の魔《ま》法使《ほうつか》いと呼ばれる最強の子は、天地を掌握《しょうあく》する力があったらしい。なのに今、何もできない。この混乱を鎮《しず》めることも、ネロにかかった魔法を撥《は》ね返すことも、この場にいるかもしれない魔法使いを見つけることも……フィリックスに駆《か》け寄って人々を薙《な》ぎ倒《たお》して空を飛び、救い出すこともできないのだ。

そんな混乱の最中に、一際《ひときわ》大きな叫びがあった。

「——今はユリア様の喪中《もちゅう》です!」

アズール様だ、と呟《つぶや》いたのは周囲の人だ。

細い体のどこからそんな声が出ているのだろうか。アズールの怒号《どごう》はビリビリと天井《てんじょう》までを振動《しんどう》させ、一喝《いっかつ》は雷《かみなり》のように広間に落ちた。

「フィリックスの出自は目の前の国政に重要ですか」

声は低くなっても、変わらず力強い。

「そも、フィリックスはユリア様がずいぶん目をかけていた騎士。今や諸外国にも白銀の死神の通り名は響《ひび》き渡《わた》っている。血筋がどうであれ、功績は変わりはしないでしょう」

貴族の噂に、他人を蹴落《けお》とす甘い話。そんな誘惑《ゆうわく》に取り憑《つ》かれつつあった城内の目を覚まさせるような言葉たちだ。

「すごい人だ……」

オズが呟く。

しかし次の瞬間。

オズの耳に入ってきたのは、誰《だれ》よりも聞きたかった男の声で……耳を疑うような言葉だった。

「いい、宰相閣下。……ようやく真実を告白してくださいましたか、父上」

（え……？）

フィリックスが公の言を認めたのだと、オズが気づいたのは言葉の一拍《いっぱく》後。

「……この身の正体など、好きに言えばいい」

カツカツと軍靴《ぐんか》の音がする。フィリックスが踵《きびす》を返したのだ。彼は驚愕《きょうがく》する皆《みな》を置き去りにして、オズがいる大扉《おおとびら》とは反対——玉座の裏に向かった。

考えるよりも早く、オズは廊下《ろうか》に駆け出してきょろきょろとあたりを見た。渡り廊下から庭に降り、やっと人目がないことを確認《かくにん》して唱えた。

するりとオズの体が消える。フィリックスを追うために魔法《まほう》を使ったのだ。

——そんなオズの姿を目にした者がいたことに、気がつくこともなく。

＊

修道院と言えば聞こえはいいものの、そこは決して神の御許《おんもと》などではなかったと、フィリックスは記憶《きおく》している。

食事は一日に一度きり。薄《うす》い麦の粥《かゆ》にほんの少しの塩だけだ。寝台《しんだい》は硬《かた》く、冬でも毛布は増えず、毎年必ず死ぬ子が出た。

ここに捨てられる幼な児《ご》は多かった。娯楽《ごらく》がない田舎《いなか》で、人々は時折セラの外から忍《しの》び込む獣《けもの》に攫《さら》われる恐怖《きょうふ》と飢《う》える苦しみに苛《さいな》まれながら、馬鹿《ばか》の一つ覚えのように子を作るからだ。

(いもしない神に祈《いの》って何になる。……居たとしても、俺たちの願いなんて聞いてくれるわけがない)

体の大きい村の子供たちに喧嘩《けんか》をふっかけられてつけられた幾《いく》つもの傷を見て、まだフィリックスという名前もなかった少年は、真夜中の寝台の上で、痩《や》せた膝《ひざ》を抱えた。

赤ん坊《ぼう》の時にここに置いていかれ、もう十年も、しぶとく生き残っていた。

なぜだか少年は目が良く、喧嘩になっても相手の動きが遅《おく》れて見えることがよくあった。耳もよく、別室にいる人の噂話《うわさばなし》すら聞き取れる。跳《と》べば塀《へい》の上にも登れる脚《あし》、やせぎすに見合わない膂力《りょりょく》があり、怪我《けが》をしても他《ほか》の子よりは早く治った。

だから、喧嘩を売りにくる子供を返り討《う》ちにすることは容易《たやす》い。

でも、そうすると親が出張ってくる。修道院を追い出されそうになって、少年は家族がある子供には逆らわない方が得策だと学んだのだ。

――一度だけ、遠い空に竜《りゅう》を見たことがある。きっと他の人には見えないほどの遠くだ。しかし、フィリックスの目にははっきりとわかった。

翼竜《よくりゅう》は本当に、自分と同じ色の鬣《たてがみ》をしていた。

あの生き物は本来は北に棲《す》み、地を焼き尽《つ》くし人を喰らうのだという。銀の髪は、聖職者にすら恐《おそ》れられ、疎《うと》まれた。きっとこんな髪の子が生まれたから捨てられたのだろう。

「人間は力がないからダメなんだ」

呟いて、立ち上がった。部屋を抜《ぬ》け出し、勝手口から修道院を出て、雨が降った後でぬかるんだ不快な泥《どろ》を踏《ふ》む。

そうして、裏の墓地にひっそりと向かった。

ある墓の横、少年は割れた爪《つめ》に土が入ることも厭わず一心に掘《ほ》り返した。

そこに、隠《かく》している剣《けん》があるのだ。墓に供えられたもののうち一つを盗《ぬす》み出して、少年は大人の男が使うそれを、密《ひそ》かに自分のものにしていた。

毎夜、この墓場で我流で剣を振《ふ》るった。

月がある日は月光の下、ない時は目が慣れるのを待って、あらゆる嫌《いや》なものを想像して殺す気で挑《いど》むのだ。嫌《いや》みったらしい神父、食事の量をわざと減らすシスター、銀の髪に堆肥《たいひ》をかけてきた村の女、少年を目にした途端《とたん》『喰《く》われる』と悲鳴を上げた若い男――。

ちゃき、と剣を構えた。

「殺してやる」

呟いて、突《つ》く。

「殺してやる。殺す、殺すっ……」

脳天、心臓、下腹。突いて、引いて、下から上に胴体《どうたい》を両断するつもりで剣を振り抜いた。

もうずいぶん持ち手は少年に馴染《なじ》み、重さだって感じない。両の手を半々に使い、意識して同じだけの力がつくように少年は毎晩、妄想《もうそう》の中で殺戮《さつりく》の限りを繰《く》り返した。

こんなことが何になるとも思えない。

けれど、こうでもしないと、生きる気力が尽《つ》きてしまう。

そうして、夢中で虚空《こくう》に剣を振り回していた時だった。

ざく、と、今まで覚えのない手応《てごた》えがあった。無意識にぎゅっと閉じていた目を見開いて、少年の濁《にご》った青い瞳《ひとみ》が月に照らされた刀身を視認し――。

それから、悲鳴を上げた。

「う、わ……ぁあああっ！」

剣が、抜けない。

少年の真正面、立ったままびくびくと震えている男の胸から、剣が抜けないのだ。

やがて男は血を吐《は》き、目はぐりんっと上を向いて後方に脱力《だつりょく》した。その瞬間《しゅんかん》、やっとずるりと剣が抜けた。少年は知らなかった。本当に人を刺《さ》すと……殺すと、血と脂《あぶら》と骨が剣に引っかかって、思い切り引かなくてはいけないのだと。

崩《くず》れ落ちる遺体の重みのお陰《かげ》で刀身は自由になった。少年は尻餅《しりもち》をつき、目の前の肉塊《にくかい》から赤黒い血が流れているのを見た。その上に、少年は座り込んでいる。

吐き気に抵抗《ていこう》できず、その場で吐いた。

しかしその瞬間、パチパチパチ、と、高らかな拍手《はくしゅ》が聞こえた。

「素晴《すば》らしい」

男の声だ。少年は震《ふる》える体を叱咤《しった》して、声の方を仰《あお》ぎ見る。

「全くもって、逸材《いつざい》だ」

「お前……だ、れだ……」

なんとか掠《かす》れた声を返すと、鼻の下に髭《ひげ》を蓄《たくわ》えた男がいた。村では見たことのないような豪《ごう》奢《しゃ》な服を着たその男は、立ったまま言った。

「我が領地の修道院で、毎夜剣を振るう妖物《ようぶつ》がいるとしつこく言われて来てみれば、こんな子供と出会えるとは」

「し、しかしフェローズ様、この子の髪《かみ》！　笑いもしない、泣きもしない。異様なほどに耳も鼻も良くて、飢えても病気一つしない！　到底《とうてい》、人間だとは思えませんわ。さっ、刺し殺された村の男だって、覚悟《かくご》を決めて今夜の案内を買って出たんです。な、なのに、なんてこと……」

人間ではないと陰口《かげぐち》を叩《たた》かれるのには慣れているはずだった。なのに性懲《しょうこ》りもなく胸が痛む。

（いっそ、本当に人じゃなかったら楽だったのに。……何度考えても、俺はこの姿にしかなれない。もしも俺が人に化けた竜だったほうが、どれだけ）

そうしたら、あの日見上げた竜のように飛べたのかもしれない。飛んでこんな国から逃《に》げて、自由になれたのかもしれない。

虚《むな》しく泥に塗《まみ》れた少年に、感心した声が落とされた。

「大人の胸をその剣で貫《つらぬ》き通せる力。正確に心臓を狙《ねら》える勘《かん》。なにより、この予想外の状況《じょうきょう》下で初めて人を殺したのに……今に至るまで剣を手放しもしない」

言われて初めて少年は剣を見た。

人を殺したことは怖《こわ》い。けれど、この血がべっとりついた剣を怖いとは思えない。

ゾッとした。

（俺は……俺はもしかして外《と》つ国の獣ですらない、本物の）

考えまいとしていた言葉が、男から落ちてくる。

「化け物だ」

「気に入った」

男が腰《こし》の剣を鞘《さや》ごととり、少年に投げてよこした。

今までのものよりもずっしりと重く、それには月桂樹《げっけいじゅ》の紋《もん》が入っていた。セラ家に次ぐ二家のうちの一つ、フェローズ家の家紋《かもん》だと少年が教わるのは後になる。

男は言った。

「お前の名前はフィリックス。今日からお前の生きる意味は、ただ剣のみにある」

――その後、フィリックスは知った。

このか弱い人類の中でも、剣の名門と謳《うた》われ領主のセラ家を護《まも》る役割を担《にな》った家がある。そのフェローズ家に、体が弱くて密《ひそ》かに田舎に住まわされていた一人息子《むすこ》がいる。その少年は家の外の誰《だれ》とも会うことなく、十歳になる前に死んだが、それすら公表されなかった。当主が、武で鳴らした家名が落ちることを恐れて、秘密にしたのだ。

死んだ子の名がフィリックスだった。この当主の男、少年の父になる彼は次の子が生まれぬことに焦《あせ》り、家の体裁《ていさい》を保てるような理想の男子を追い求めていたというわけである。

死んだ長男と同じ歳《とし》の頃で、身体剛健《ごうけん》、剣技に秀《ひい》で、引き取っても後腐《あとくさ》れのない子供。

何より血筋を重んじる良家において、拾われ子だと露見《ろけん》するリスクの少ない子供……。

小さな村の捨て子だった銀髪《ぎんぱつ》の少年は、その全《すべ》てにおいて都合が良かった。

それから、フィリックスの新たな地獄《じごく》が始まった。

貴族に成り代わるべくあらゆるものを学び、ただひたすらに剣を覚える。

殺してやる、と思えていたのは、殺しを知らなかったからなのだとフィリックスは痛感した。

あの村の男を刺し殺した一件以降、周囲を憎《にく》めど殺してやるとは到底思えなくなっていた。

やがて、あの村も修道院もなぜだか突然《とつぜん》大きな火事に見舞《みま》われて、本当のフィリックスを知る者は当主と夫人だけとなった。

フィリックスは完全に、フェローズの一人息子に成ったのだ。

王城の貴賓《きひん》室で、オズはまるで遠い国の物語を聞いているような心地《ここち》になった。

「私の正体は、ただの人殺しだよ。この上なく、両の手が血で汚《よご》れている」

ごく、とオズが唾《つば》を飲み込む。何か言わなくてはいけない。でも、何も言葉が見つからない。

「皮肉なことに、私を引き取った直後、フェローズの家には何人も健康な子女が生まれた。剣の腕《うで》もそこそこだ。だから私は不要になって、戦地に追いやられたというわけだ」

最期《さいご》に家名に花を添《そ》えてくれということだったのだろうと、フィリックスは瞑目《めいもく》する。しかし、その計算は外れることになる。

「帰った時は舌打ちがあった。まだほんの少年の実子を、名目だけでも騎士《きし》団長にする計画があったのに、私が戻《もど》ってきて面倒《めんどう》なことになると思ったのだろう。結局、毒殺騒《さわ》ぎもあって私は城にはいられなくなって、あのように隠居《いんきょ》をしていたということだ」

オズはフィリックスを強いと思っていた。しかしそれは違《ちが》った。

強く在らないと、生きられなかったのだ。

彼を、優《やさ》しいとも思った。しかし、それだけではなかった。

贖罪《しょくざい》をしなくては、きっと彼は息すらできなかったのだ。

「これで終わりだ。追いかけてくれて……聞いてくれてありがとう」

椅子《いす》で項垂《うなだ》れるオズにフィリックスの声がする。そして、彼が向かいのソファから立ち上がる気配も。かちゃ、とベルトか靴《くつ》の金具が擦《す》れる音でオズはハッとした。

フィリックスは、この部屋から去るつもりなのだ。

──それも、ある種の絶望を伴《ともな》って。

(だめだ。ちがう。僕は……僕はフィリックス様に幻滅《げんめつ》したわけじゃない!)

そう思った瞬間、体が動いていた。

「待って!」

オズは勢いよくフィリックスの腕を引いた。驚《おどろ》いたフィリックスがオズを振《ふ》り返る。思い切り背を伸《の》ばしてフィリックスに詰《つ》め寄ると、昏《くら》い瞳の中に必死な自分の顔があるのが見えた。

何か言わないと。何でもいい。去ろうとする足を止めてくれる言葉なら、なんだって。

そうして、一秒にも満たない時間に必死で考えた末に出てきた叫《さけ》びは、フィリックスのみならず、オズ自身も予想していなかったものだった。

「僕っ……ずっとずっと、パンと塩を買うお金をギリギリまで節約して、フィリックス様の絵や本を買ってました！　それだけでお腹《なか》いっぱいでした！」

ぽかんとフィリックスが呆《ほう》けて固まる。一方で、オズの回り出した口は止まらない。

「これ以上、フィリックス様に夢中になることなんてないと思っていました。でもっ……でも、今の僕の気持ちは、夢中なんて言葉じゃ足りない」

本音だ。どんな言葉で飾《かざ》り立てられた物語よりも、いかに美しく描《えが》かれた絵よりも、本物のフィリックスは高潔で――同時に悲しかった。

「フィリックス様はきっとすごく……すごくお辛《つら》い目に遭《あ》ってきたのに、誰も憎んでない。僕はそんなあなたを、人殺しだなんて思わない。この手が汚《きたな》いだなんてっ……到底、思えない」

ぐ、とフィリックスの手を両手で握《にぎ》った。俯《うつむ》いて白い手を見ると、一見指が長く美しい手だけれど、いくつもの剣《けん》だこの跡《あと》があるのがわかる。

フィリックスの手のひらばかりを見つめていたオズに声が降ってきた。

「……オズ、痛い」

掠れた声に驚いてオズが顔を上げると、信じられないことが起きていた。

フィリックスの体に、植物の蔓《つる》がぎゅうぎゅうと巻き付いている。床《ゆか》から生えているそれらは根元が金色に光っていた。紛《まぎ》れもなく、オズの魔力《まりょく》の産物だ。

「えっなんで？　何も唱えてないのに！　おかしい、やっぱり最近の僕の魔法は変だ」

慌《あわ》ててそれに消えるよう念じた。でも青々とした蔓は消えてくれない。

「あの、どこにも行ってほしくなかったんです。そのせいかな、勝手に出てきちゃった……」

「いい、いいから。あなたが握っていてくれたおかげで片腕《かたうで》は自由だから、剣で斬《き》れる」

慌てるオズと反比例するように、新たな一本がしゅるりと伸びる。オズがその蔓を手で捕《つか》まえて払《はら》い除《の》けようとした時に、手のひらが軽くフィリックスの頰《ほお》に当たってしまった。

オズは青ざめた。推《お》しのご尊顔である。

「せ、世界一好きなお顔に……平手を……」

オズが言うと、途端《とたん》にシンとした。

しばらくして響《ひび》いたのは、笑い声。オズの魔法に搦《から》め捕《と》られたフィリックスが、いつかの見合いの日のように肩《かた》を震《ふる》わせているのだった。

「ふっ……あっはっはっはっは！」

「ご、ごめんなさい……僕、あの……」

「こんなに間が悪いことがあるか。顔に一撃《いちげき》をもらったことなど、手合わせですらなかった。それに、最低限パンと塩は生きるのに必要だろう。唐突《とうとつ》に何を言い出すかと思えばっ……」

「あっ、それは本題じゃなくって、もっと大事な……」

オズが戸惑《とまど》うにつれて、しおしおと植物が枯《か》れていく。やがてそれは金の光になって消えた。

両腕が自由になったフィリックスは、腹を抱《かか》えてひとしきり笑った。

「それで、世界一好きな顔？　この私の顔がか？」

「えっ？　アッしまった！」

オズは両手で口を押さえて後ずさった。本人の前では絶対に、激しく渦巻《うずま》く感情を出すまいと誓《ちか》っていたのに散々な有様である。

「光栄だな。私もあなたの顔が世界一好きだ。両思いだな」

「ちっ違う、いや違わないけど」

慌てるオズに、フィリックスがもう一度「あはは」と笑う。かあと顔が真っ赤になったオズは言い連ねた。

「と、とにかく僕が言いたかったことはですね、フィリックス様の御手《おて》は汚れてなんかないし、僕はフィリックス様の過去を聞いても、その」

「ああ。……もう十分伝わってる。ありがとう」

ふわ、とオズの頭に手を乗せた男は、笑顔《えがお》に一雫《ひとしずく》の切なさを落とす。

「話したのはオズが初めてだ……受け入れてくれるとは思っていなかった。それに、私の家の事情に巻き込むことが申し訳なかった。でも、あなたは……」

硬《かた》い指先が、穏《おだ》やかに、さらさらと髪《かみ》を梳《す》く。

「オズ。あなたはなぜ引き止めてくれた？」

「フィリックス様を一人にしたくなかったから」

そう返すと、くすくすと含《ふく》み笑いが落ちてきた。

彼はオズの腿裏《ももうら》に手を差し入れ、ふわりと持ち上げてふかふかのソファに体を沈《しず》めた。

「わっ。もう、まだ笑ってる。……僕が口を滑《すべ》らせたのがそんなに愉快《ゆかい》なんですか？」

「愉快なのではなく、嬉《うれ》しいんだ」

オズが首を傾《かし》げた。フィリックスが腕に抱えたオズの頰を撫《な》で、歌うようにささやいた。

「オズが私を心配してくれることが、すごく嬉しい」

大事な秘密を打ち明けるように言われ、オズは何も言えなくなる。

「以前だったら傷ついたと思うよ。私には剣と、偽物《にせもの》の家族しかなかったのだから」

長い指が、さらさらと頰を撫でる。

「でも今は、あなたがいる。……生まれがどうあれ、オズに嫌《きら》われないんだったら大した問題じゃない」

その声には珍《めずら》しく、オズを窺《うかが》うような響きがあった。フィリックスはまだ不安なのだろう。

そう気づいてオズはたまらない気持ちになり、彼の肩に腕を回して抱《だ》きしめる。

「あなたを嫌いになるわけがない。でも、フィリックス様への風当たりは……」

「厳しくなるだろうな。正当な嫡男《ちゃくなん》ではないという噂《うわさ》は、今に城下にも漏《も》れ出ることと思う。

もともとこの髪や、剣の腕のせいで散々言われて育った。慣れているよ」

さらりと返されて、オズは拳《こぶし》を握り込んだ。

(この人が……僕の大好きな人が、なんでこんなにも冷遇《れいぐう》されないといけないんだ)

フィリックスは平気そうにしていても、オズは納得《なっとく》できそうにもなかった。

(人と違う髪の毛、人間離《ばな》れした剣技への嫉妬《しっと》、それに……本当の出自)

背中に悪寒《おかん》が這《は》う。

(その上、僕が……フィリックス様が連れている僕が魔法使《まほうつか》いだとバレたら、この人はどんな言葉をぶつけられる？　僕だけじゃなく、もしもフィリックス様まで何かの罪に問われたら)

想像するだけでゾッとした。

いままでその可能性に気がつけなかったのは、優しい辺境育ちの弊害《へいがい》だ。

やっぱりすべてをなかったことにして、彼の人生から身を引くべきではないのだろうか。

(僕のせいで、この人の未来が壊《こわ》れるのは嫌《いや》だ。……もう、今、約束の答えを出すべきなんだろう。この方の思いを拒絶《きょぜつ》して、一緒《いっしょ》にはいられないって言うべきだ。……でも、僕は)

好きだ。どうしても好きなのだ。

包み込むような思い人の体温を感じながら、冷や汗《あせ》と共に心は硬くなっていく。

──気持ちにケリをつけるべきときは、もうすぐそこに迫《せま》っていた。

＊

深夜二時を回った頃《ころ》だった。

姿隠《かく》しの魔法がかかったオズは今日も一人、王城の最奥《さいおう》にいた。ユリアが使っていた寝室《しんしつ》のある棟《むね》、ドアの前の兵は眠《ねむ》らせて、廊下《ろうか》にあった大きな花瓶《かびん》の裏に気配を感じて手を伸ばす。

(嘘《うそ》だろう。これはまだ新しいものだ。先日はなかったし、魔力が若い……)

手に握り込んだ羽根ペンを、オズはまじまじと観察した。これも、城を覆《おお》う大きな魔法の一つだろうが、今までのものと少し毛色が違《ちが》うように感じた。

(ともかく部屋に戻《もど》って壊そう。この作業も何度目だろうか)

霊道《れいどう》の魔法を行って以降、やっぱり日に日に魔法が使いやすくなっている。

しかし、肝心《かんじん》の呪《のろ》いをかけている魔法使いが見つからない。

(これはここ数日に仕《し》掛《か》けられたものだ。……僕がいちいち壊して回っているからこうして新しいものを置く必要があったのだろうけど、でも、なぜ僕を直接叩《たた》かない?)

ネロもオズもさっさと排除《はいじょ》すればいいだろうに、見えない敵は一向に大きな動きを見せない。

(不気味だ。……それに、こんなに簡単に壊して回れるのはやっぱりおかしい)

――もしかしたら、泳がされているのかもしれない。

最悪な予感があった、そのときだった。

「そこにいるのは誰《だれ》だ」

「!」

天井《てんじょう》の高い廊下に響いたのは、辺りを憚《はばか》るような低い声。

オズが振《ふ》り向く。いま、自分には他人の目に映らない魔法がかかっていたのではなかったか。

「なんで……あ！」

手にした羽根のペン先からビリビリと伝わる痛みがあった。

ペンの鋭《するど》い切先が、ぷつりと、手のひらと空間との間に刺《さ》さる。薄《うす》いヴェールを裂《さ》くように

ペンは体に沿って動き、なぞり、淡《あわ》い紫色《むらさきいろ》の光をまとってオズを覆う魔法《まほう》にヒビを入れていく。

ほろほろと魔法が崩《くず》れ、手、腕《うで》、肩、と順にオズの身が晒《さら》された。ドレス姿のドロシーでは

ない、ただの魔法使いの青年が目眩《めくらま》しを剝《は》がされ、そこに現れたのだ。

「これは罠《わな》だったのか！　うっ……」

叫《さけ》んだオズの喉元《のどもと》に、長剣《ちょうけん》の先が当てられている。オズは視線を、膝《ひざ》あたりにふわりと浮《う》く

ペンから上げて、剣《けん》の持ち手を視界にとらえた。

「あなたは！」

「きみはっ……」

驚《おどろ》きに震えたのは二人同時だ。

オズの視線の先、王子の騎士《きし》であることを示す真っ白な制服を着たリカルドが、緑の瞳《ひとみ》いっ

ぱいに驚愕《きょうがく》の色を乗せて立ち尽《つ》くしていた。

「やはり、オズが……。先日きみの姿が庭で霞《かすみ》のように消えるのを見た。きみが、ネロ様を呪《のろ》

っている者なのか……？」

フェローズの当主が来た日に、広間から出て魔法でフィリックスを追うのを見られていたらしい。これでは勘違《かんちが》いされても仕方がない。オズが魔法使いだということも、こうして呪具を壊して回っていることも教えていなかったのだから。

しかし、言い逃《のが》れしている暇《ひま》はない。剣は迷いなくオズの体めがけて迫る。

「違《ちが》っ……待ってください――！」

攻撃《こうげき》から身を守るためだ。口から呪文《じゅもん》が出て、きらきらと金粉が舞《ま》う。次の瞬間《しゅんかん》、見えない盾《たて》がリカルドの剣を弾《はじ》くと騎士の目の色が変わった。

「貴様――本当に、人じゃないのだな」

声色《こわいろ》はまるで、敵に相対しているかのような。

「騙《だま》していたのか、俺も、ネロ様も、フィルのことも」

リカルドの翠眼《すいがん》が憎悪《ぞうお》に燃え上がる。

「あの方の予想は……正しかったのか！」

リカルドが何を言っているのかわからない。しかし次の彼の攻撃を避《よ》けようにも、魔法を使う隙《すき》もない。

窮地《きゅうち》に立たされたオズの横。

突風《とっぷう》があった。そして、銀閃。ギン……と、重い音が鼓膜《こまく》から体の底まで震《ふる》わせて、次に目を開けた時には、背中に守られていた。

フィリックスだった。

「リカルド、違う」

「フィル！　見なかったのか、いまオズは何か怪《あや》しい術を」

「魔法だ。ネロ様は魔法で呪われている。ネロ様の私室にあった手鏡もっ……リカルド！」

ギリギリとせり合う銀の剣をさきにいなしたのはリカルドだ。オズを庇《かば》うフィリックスを本気で切り伏《ふ》せんと、重い一撃《いちげき》を振り下ろす。

がん、と、まるで巨石《きょせき》でも受け止めたかのような音がした。

腰《こし》を落とし、両手でリカルドの剣を食い止めたフィリックスが言った。

「落ち着け。私は知っていた。オズが魔法使いであることを知った上で、それで陛下を害する敵の術を解き犯人を捜《さが》そうとっ……して、いたっ！」

フィリックスが全力で剣を弾いた。

実力は伯仲《はくちゅう》している。何度手合わせをしても勝敗がつかなかった騎士の剣は重く、主君を守る責任が乗ったものだと尚更《なおさら》だ。

それを渾身《こんしん》の力で払《はら》い除《の》け、フィリックスが踏《ふ》み込んだ。逆手に握《にぎ》ったヒルトの先を鳩尾《みぞおち》に叩き込む。切り傷をつけるのは忍《しの》びなく、柄《つか》で殴《なぐ》ったらリカルドが腹を押さえて咳《せ》き込んだ。

「話を聞け、頼《たの》む。オズは敵じゃない。殿下《でんか》の寝付《ねつ》きは良くなっただろう！」

はっとリカルドが目を見開く。

その隙にフィリックスが再び剣を構え直し、畳《たた》み掛《か》けた。

「オズはネロ様の部屋で、誰かが魔法をかけた痕跡《こんせき》を……手鏡を見つけたのだ。それから、夜《よ》毎《ごと》にこうして城中に仕掛けられた呪いを解いている。私は宰相《さいしょう》閣下に呼ばれて、分かれて動くことが多かった。今日は嫌な予感がしたから急ぎオズを捜してここまで来てみれば……頼む、信じてくれ。私は悪《あ》しき魔法使いに操《あやつ》られてもいなければ何か企《たくら》んでいるわけでもない！」

剣を向けたまま、一気に言った。

二人して荒《あら》い息を吐《は》き、肩《かた》を上下させて向かい合う。先に口を開いたのは、リカルドだった。

「すぐには飲み込めない、が……団長殿《どの》は嘘をつかない男だったな」

「元、だ」

慣れたやりとりに、フィリックスが剣を下げる。リカルドは「信じられない」と呟《つぶや》いた。

「フィル。昔一度、おまえは魔法使いの子供に会ったと話したな。……ネロ様があんなことになるまで、俺はそんな存在がいるとは思いもしていなかった。本当にこんなことが……」

剣を持たない方の手で、乱れた金髪《きんぱつ》をさらにかき乱す。リカルドはため息を吐き、抜《ぬ》き身の剣を掲《かか》げて呟いた。

「……オズ、お前は本当に魔法使いなのか」

オズにゆらりと剣先が向けられる。そこに攻撃の意思はなく、ただ不思議の力の所在を問うように、視線がオズに注がれた。

オズを背に隠すフィリックスも振り返り、青い瞳で促《うなが》された。リカルドのことを信じていいという合図だろう。

「そうです。……僕は人じゃない。魔法使《まほうつか》いです」

シンとした廊下《ろうか》に、オズの告白が落ちたときだ。

――廊下から、すうと影《かげ》が伸《の》びた。

「お疲《つか》れ様でした、リカルド」

先ほどまではなかった人の声。突然《とつぜん》現れた気配は、フィリックスの耳でも感知できなかった。

騎士二人が振り返る。

「おや、フィリックスもいる。……そうですか、二人で犯人を捕《と》らえましたか」

見慣れた、引きずるほどに長いガウンが冷たい床《ゆか》に擦《す》れていた。水色の髪《かみ》の毛は一つに編まれて背中に垂れ、長い前髪《まえがみ》が目元を隠《かく》していても覗《のぞ》く眼光がある。

「宰相閣下！　ちが、うっ……⁉」

真っ先に口を開いたのはフィリックスだ。

しかし、声が思うように出ない。リカルドも同様のようで、穏《おだ》やかに微笑《ほほえ》む男を睨《にら》んだ。

その二人の視線を受けて、口元の笑《え》みを深めたアズールが片手で髪の毛をかきあげる。アズールの瞳が月明かりの下に出たと同時に、騎士二人がどさりと膝をついた。

現れたのは、まろい線を描《えが》く水色の瞳だ。怪我《けが》が原因で隠していたはずの瞳を初めて晒した彼は、常と変わらない穏やかな声で言った。

「おやすごい。さすが星震の子ですね。……でも、生まれた時よりずいぶん弱くなったようだ」

「あなたが魔法使い……その目は魔眼《まがん》か……！」

真正面から視線を受けると、オズはぐわんと脳が揺《ゆ》れた感覚がある。

（おばあちゃんも魔眼だった。でも強さも効果も持ち主ごとに違《ちが》うはずだ。魔法使いによっては、見るもの全《すべ》てを意のままにできるという。でも僕はまだ立っていられるし、それに、僕を操れるならとっくにやっているはずだ）

ということは、そこまで強くはない。そう思った矢先に、アズールが掠《かす》れ声で言った。

「あなたの思っている通り、この目は万能《ばんのう》じゃない。長いこと使えるわけでもないですよ」

「な、にを……何を、しようとっ……」

「計画を変更《へんこう》したんです。……星震の子が城にいらしたから、状況《じようきよう》が変わった」

話が見えず、オズが戸惑《とまど》った時だった。

「目が燃える。そろそろ限界だな」と、髪を下ろして瞳を隠したアズールの背後、複数の足音がする。甲冑《かつちゆう》の擦れる音で武装した騎士だとわかった時には、オズの前にずらりと剣が向けられていた。

先ほどとは打って変わって、震える声でアズールが言った。

「早くこちらにっ……先遣《せんけん》した二騎士《きし》が、ネロ様を害していた魔法使いを見つけたのです！」

言うなり、先ほどまで動きが止まっていた羽根ペンがオズ目掛《めが》けて飛んでくる。オズは今度も呪文を叫《さけ》んでそれを粉砕《ふんさい》した。そのせいで、異質な金の光があたりをカッと包んだ。

（まずい、これも僕に魔法を使わせるための仕掛《しか》けだ！）

それを見て、騎士たちに動揺《どうよう》が広がった。

「宰相閣下の言った通りだ」

「まさか、二騎士様は魔法でやられて倒《たお》れてるのか？」

アズールの策略どおりに皆《みな》に誤解が広がる中で、がん！と床に剣《けん》を突《つ》き立てる音がした。

フィリックスだ。銀の長い髪を振《ふ》り乱し、大きく肩を揺らしながら、剣を支えに立とうしているのだ。

「……ズ、オズ、逃《に》げろ」

その声は、もしかしたら叫びだったのかもしれない。しかし、ほとんど空気でできていたそれはオズにしか聞こえない。

「逃げてくれ……嵌《は》められたんだ、俺たちは」

彼にいつもの冷たい理性はなかった。銀髪《ぎんぱつ》の間で揺れる青には必死の色が滲《にじ》む。

（……たしかに僕一人なら、逃げられるかもしれない）

「オズ、頼むからっ……」

もがくフィリックスの声に、アズールの声がかぶさった。

「おや……フィリックス、どうしたのです。あなたは、その魔法使いを庇うつもりですか」

途端《とたん》に兵がざわつく。アズールの背後にいる彼らからは、さも愉快《ゆかい》そうに口の端《はし》を吊《つ》り上げる宰相の顔は見えていないのだろう。

(決めた)

オズは一瞬《いっしゅん》だけ目を閉じ、ぎゅうっと眉根《まゆね》を寄せる。

――フィリックスの父が来た日から、何度も悩《なや》んだことがある。

そばにいたい。でも、足枷《あしかせ》になりたくない。せめて、役に立ちたい……。一人じゃ結論を出せなかった問いに、どうやら天は答えをくれたらしい。

オズは瞼《まぶた》をすっとあげて、言った。

「僕が、ネロ殿下を呪《のろ》った魔法使いです」

片膝《かたひざ》をついたフィリックスが、驚愕《きょうがく》と失意の顔でオズを振り仰《あお》いだ。

できたかどうかはわからないけれど、底知れない存在を演じるように頬《ほお》に笑みを刷《は》く。

それからオズは、唇《くちびる》だけで言葉を形作った。

フィリックスに一言「ありがとう」を残したのだった。

5　星震の魔法使い

強すぎる魔法使いは孤独《こどく》になる。

だからあなたは、力をひけらかしてはいけない。正体を易々《やすやす》と明かしてはいけない。

代わりに、優《やさ》しくありなさい。魔法と愛は、かけた分だけ戻《もど》ってくるのだから。

──それが唯一《ゆいいつ》の、ひとりぼっちにならない方法だよ。


そんな言葉を残した祖母が死んだ時、十一歳だったオズを襲《おそ》ったのは怒《いか》りだった。

なぜ、独りにしたのか。

なぜ、自分なんかに血を繋《つな》いだのか。……生まれてこなければ、こんな気持ちと相対する必要もなかったのに。

底なしの魔力のせいか、オズは泣きも笑いもしない。両親が遺《のこ》した難しい本ばかり読んでいた少年はしかし、初めて、猛烈《もうれつ》な怒りを持ったのだ。

「……強すぎる魔法使いは孤独になる。だから、僕の家族はみんな死んだ?」

裏を返せば、自分のせいで死んだことにならないだろうか。……いいや、流石《さすが》にこれは飛躍《ひやく》した考えだ。わかっている。でも、感情の濁流《だくりゅう》は止められない。

ぶわっと、小屋を囲む森に竜巻《たつまき》を思わせる豪風《ごうふう》が吹《ふ》いた。

オズが怒《おこ》っているせいだ。自分の気分が天候に影響《えいきょう》したり、獣《けもの》を興奮させるのをオズは知っている。だから凪《な》いでいようと気を張って生きてきたのに、今日は落ち着けそうにもない。

「こんな体に生まれたくなかった」

自分の体が自分のものではない不快感。オズの気持ちに自然の精霊《せいれい》が共鳴し、全てを増幅《ぞうふく》させる鬱陶《うっとう》しさ。

「こんなっ……誰《だれ》とも同じじゃない体なんて、いらない！」

居間のテーブルにつっぷしたままの祖母の遺体を前に、オズは叫んで、金糸を掻《か》きむしった。

「……そうだ」

ふっと顔を上げた。その瞬間《しゅんかん》、風が止《や》む。

「力を全部捨てよう。捨てればいい。こんな力さえなければ、孤独にならない」

終極魔法というものを、父が残した魔導書に見たことがある。

ひとたび行えば、魔法使いの魔力が元通りに回復することは決してない。ありったけの魔力と切り分けた魂《たましい》を代償《だいしょう》に、とてつもなく大きな魔法を使えるというのだ。

「そうしよう。弱い者は時に命を落とすほどだというから、きっと僕も普通《ふつう》になれる。内容は……ああそうだ、魔法は倍になって僕に返ってくるから優しい魔法にしないと」

それも祖母の言葉だ。魔眼の魔女は、流石の慧眼《けいがん》だった。独りになったオズが狂《くる》わないように、国を滅《ほろ》ぼすことのないように、こんなにも的確な言葉で縛《しば》った。

「あはは。自分のためなのに、優しいなんて言っていいのかな」

偽善《ぎぜん》という言葉が、母が残した本にあった。まさしくそれだ。

「明日《あした》は騎士団が町に来る。彼らに武運と庇護《ひご》の魔法をかけよう。終極魔法ならば、きっと千人でも万人でも魔法を行き渡《わた》らせられる」

煌々《こうこう》と輝《かがや》く金眼は、己《おのれ》の力量と労力を計算していた。

「あぁでも、魔《ま》法陣《ほうじん》を描《えが》くのに時間がかかるな。人にバレないようにしなきゃならないし。誰も来なくて地の魔脈が多い場所……森の丘《おか》がちょうどいい。早くに登って、準備しないと」

そう決めたオズは、安堵《あんど》した。いっそ災難じみた強さを手放して、しかも人のためになる魔法を使ったら、ひとりぼっちじゃなくなるはずだから。

――なのに、突然涙《とつぜんなみだ》が溢《あふ》れた。

「っ……んで、なんでっ……」

嗚咽《おえつ》した少年は冷たくなった祖母の背中に倒れ込み、金の髪《かみ》を振り乱して泣きじゃくった。

「なんで死んじゃったの、おばあちゃんまでっ……」

そうしてやっと気づいたのだ。

怒りの中核《ちゅうかく》にあった感情は、寂《さび》しさ。

その寂しさは一生ついて回るのだという予感はあまりに恐《おそ》ろしく、オズは必死に目を背《そむ》けた。

――けれど少年は丘で、その寂しさを吹き飛ばす運命の人に出会う。

地と天、そして四方の宙に、指先で巨大《きょだい》な金光の陣《じん》を描いてオズはその中央に浮《う》かんでいた。目を閉じ、ただ脳裏《のうり》に浮かぶまじないを口にした。汗《あせ》ばむほどに集中していたせいで、魔法で事前に眠《ねむ》らせたはずの狼《おおかみ》が、起きて詰《つ》め寄っているのに気づけなかった。

「危ない！」

そう、男の叫び声がして、ハッとオズは目を開けた。せっかく何時間もかけて準備していた魔法は中断され、美しい六面の円陣《えんじん》はサラサラと灰になって消える。

しかし、オズはそれ以上に美しいものを見た。

蝶《ちょう》、ハチドリ、形を成さない光の塊《かたまり》。そんな精霊たちが銀髪の騎士に口付けて、頬擦《ほおず》りするように寄り添《そ》って、綺麗《きれい》な魂を祝福しているのだ。

彼は血がついた剣を持っていた。足元には、狼の死骸《しがい》。

しかし、仕留めきれない一頭がいたのだろう。騎士は左手を狼に差し出して、終極魔法の準備に気を取られていたオズに覆《おお》い被《かぶ》さり、全身で守ってくれたのだ。

世にも綺麗な瞳《ひとみ》が、魔法が解かれてドサと雪に落ちたオズを見た。目の中は濃淡《のうたん》がついた青《せい》藍《らん》の空。虹彩《こうさい》にはチカチカと瞬《またた》く銀の光があった。

青に銀。まるで、真昼の星だ。……しかし、銀星の光には冷たい孤独がゆらめく。

(僕と同じだ)

そう思った直後に、オズは衝撃《しょうげき》を受けた。狼に腕《うで》を噛《か》み砕《くだ》かれ、這《は》いつくばる彼が、苦悶《くもん》しながらも小さく「もう大丈夫《だいじょうぶ》だ」と言ったからだ。

明らかに人とは違《ちが》うオズを、彼は普通の子供のように守ってくれる。怖《こわ》がらない。気味悪がりもしない。……領都から来た人なのに。

――オズは立ち上がって、言った。

「人ならざる血が混じっている香《かお》りがする……。だから、己の命を粗末《そまつ》に扱《あつか》うのですか」

彼は人と違い、多分、体に何か別の種が混じっている。特殊《とくしゅ》で強靭《きょうじん》な体だ。

「っ……な、んの……話だ……？」

痛みに耐《た》える騎士《きし》に、やり切れず首を横に振《ふ》って続ける。

「例えば明日の戦いで殉職《じゅんしょく》したなら、誰かがあなた様を真に愛してくれますか」

騎士が怪訝《けげん》に眉《まゆ》を顰《ひそ》めた。

「……答えは、否《いな》です。死んだら、人はただ忘れていくだけだ」

オズはぎゅっと胸から下げたロケットを握《にぎ》り込む。光沢《こうたく》のない真っ黒のローブの上、煤《すす》けた銀のロケットには祖母の霊写《れいしゃ》が入っていた。

(僕と同じ孤独の、美しい人。……死んでほしくない)

――決めた。

「騎士様はお優しい人です。だから見知らぬ僕を、狼から助けてくれた。大事な腕に怪我《けが》を負

って まで」

騎士団全体を庇護するはずだった魔法《まほう》は、今からでは間に合わない。

「……そんな人は尚更《なおさら》、死んではいけない。あなたは愛されるべきお人だ。だから」

この優しい銀の騎士ただ一人に、命を懸《か》けた魔法をかけよう。

(いままで僕の味方をしてくれた霊達へ。今日を境に僕は君らの姿を見られなくなる。僕は金の力の全部をこの人に捧《ささ》げる。だからかわりに、僕じゃなくて、この人を愛してください)

どうかこの優しい彼が死に嫌《きら》われ、総《すべ》ての身の危険を予感し、穏《おだ》やかな天寿《てんじゅ》をまっとうするその日まで不死の幸運に包まれるように……。

騎士は戸惑《とまど》っていた。望んでなどいなかったのだろう。

しかし、この魔法を解くことは難しい。

今日の記憶《きおく》すら、二人とも失う。終極魔法とはそういうものだから。

(一つだけ、解ける可能性があるならば)

それは、彼が誰かを愛することだった。

オズは、精霊に無比の愛を乞《こ》うた。この銀の騎士を至上に愛し、守ってくれと希《こいねが》った。

そんな魔法だから、根幹は愛情だ。

騎士が誰かを愛し、この不死の幸運を、そして自然を司《つかさど》る精霊の愛情を――これから注ぎ込まれるオズの魔力を、誰かにそっくり渡せば、魔法は解けて記憶は戻る。

（……そんな日が万が一にでも来るのなら、この人は孤独《こどく》じゃなくなったってことだ。それはそれで、幸せな結末だな）

もしも叶《かな》うのならば、自分を独りにしたこの力が彼を孤独から救いますように。

オズは祈《いの》りながら、騎士の唇《くちびる》に金の魔力《まりょく》を飲み込ませた。

――まどろんでいたオズの耳に、密《ひそ》やかな声がした。

「目が覚めましたか」

アズールだ。彼は格子《こうし》の前に椅子《いす》を置き、長いガウンのうちに足を組んでいた。

「星震《せいしん》の子を閉じ込めても意味はないかと思いましたが……。逃《に》げるつもりがないのですか？ここは騎士団の物見塔《とう》の上。あなたなら足枷《あしかせ》なんて千切って、飛んでいけるでしょうに」

「僕が逃げたら、フィリックス様のことも罪人に仕立て上げる気でしょう。魔法使いを引き込んだ共犯者だと。……だから僕が逃げないと踏《ふ》んで、こんな形ばかりの牢《ろう》に繋《つな》いでる」

薄《うす》い絨毯《じゅうたん》に寝《ね》ていたオズは、だるい体を上げた。先程《さきほど》まで夢を見ていた気がする。なのに、もう全く思い出せず、忌々《いまいま》しい頭痛があった。

（僕は弱くなったから、星震とは名ばかりだ。……って言っても、信じてくれるかどうか）

乱れた黒髪《くろかみ》をかきあげるオズにアズールが笑う。

「その通りです。その分だと、私がやったことに見当がついているようだ」

オズはただ、胡乱《うろん》にアズールを睨《にら》んだ。はあとため息をついて、予想を披露《ひろう》した。

「……フェローズ公に、フィリックス様の出自を告白するよう仕向けたのはアズールでしょう」

「なぜそう思うのです？」

「あの人はきっと、フィリックス様の本当の出自がいつか露見《ろけん》するのではないかと心の奥底で恐れていた。あなたはその魔眼《まがん》で心中を見抜《みぬ》き、同時にフィリックス様の事実を知り、公に助言……いや、操《あやつ》ったのでしょう。あの場で、フェローズ公に告白させるように」

そしてそれは、オズの心を操るためでもあった。

優《やさ》しすぎる田舎町からのこのこ出てきたオズに衝撃を与《あた》え、フィリックスの力を削《そ》ぐために、彼は起爆剤《きばくざい》として銀の騎士をわかりやすい差別の視線に晒《さら》したのだ。

アズールは手を叩《たた》いた。

「正解です。私はあなたを捕《つか》まえる必要があったのでね」

その『必要』については語らずに、アズールは言った。

「私はオズに力では敵《かな》わないと思った。なぜだか今は、弱くなったようだが……あなたを捕まえるには、あなたの弱点を利用するしかないと考えました」

格子越《ご》しのアズールの視線は、異物を眺《なが》め回すようだった。

「あなたが生まれた夜に、私は思わず空を見上げた。きっと大陸中の魔法使いがそうです。星が震《ふる》えるとはこういうことかと、何か底知れないものが生まれたのだと直感した。あの底冷えする気配が首都に入ってきたときは驚《おどろ》きましたよ。病床《びょうしょう》のユリア様にも教えました。どうやらフェローズの打ち捨てられた屋敷《やしき》に、東から魔物《まもの》がきたと」

その言葉にオズは嘆息《たんそく》した。やはりユリアは、何もかも知っていたのだ。

アズールが続けた。

「リカルドは面倒《めんどう》でしたね。あの騎士は、ネロ様以外の誰《だれ》も信用しなかったから」

オズの存在を仄《ほの》めかしても、彼は簡単には信じてくれなかった。むしろ、情報をもたらしたアズールを疑い、バザールの日には町で後を尾《つ》けていたのだ。

「魔法で庭から消えたオズを見ても、すぐには敵だと思ってくれなかった。……私が丁寧《ていねい》に、羽根ペンなんて小道具を仕込んで魔法が剝《は》がれる演出を考えてやっても、最後にはフィリックスの言葉に納得《なっとく》する始末でした。いやはや、黄金の騎士どのは人を見る目があるね」

ユリアの寝室《しんしつ》の前で、オズがリカルドに剣《けん》を向けられた日のことだ。リカルドは誰を信じていいのかわからない渦中《かちゅう》にいたのだろうが、フィリックスの言葉に耳を傾《かたむ》けたのだった。

オズが続けた。この際、全《すべ》てを明らかにしたかった。

「……女王陛下のお茶に毒を混ぜたのはあなたでしょう」

「おや、一番の忠臣を捕まえてひどいな」

「道化《どうけ》じみた話し方をやめてください。……あなたは、女王に死んで欲しいほど叛意《はんい》を持ったんでしょう。同時に、フィリックス様が邪魔《じゃま》だったのではないですか？　もとより嫌われていたフィリックス様を城から追い出すために、芝居《しばい》を打った」

「なぜ、私がフィリックスを追い出すのです？」

楽しげですらある言葉に、オズは返した。

「フィリックス様は不思議と勘《かん》が鋭《するど》いから、宰相閣下《さいしょう》が何か悪巧《わるだく》みしても、阻止《そし》する可能性が高かったのではないのでしょうか」

そう聞いても、アズールは答えない。

そして、オズに質問で返した。

「昔から、それこそユリア様が領主の娘《むすめ》だった時代から小姓《こしょう》としてお側《そば》に仕えていた私が何で叛《そむ》くと言うのでしょう。セラ家に捨てられては、帰る場所もない私が」

言ったアズールの言葉に嘘《うそ》はなさそうだった。オズは水色の前髪《まえがみ》の隙間《すきま》から見える底知れない瞳《ひとみ》を前にたじろいで、目を逸《そ》らす。

「僕が知るわけない。大方……人間の国を潰《つぶ》してやろうとか、そういうことではないのですか」

「またなんで、そんな大層なことをするというのでしょうね」

「だからっ……なぜ僕に聞く！」

ついに苛立《いらだ》ちを抑《おさ》えきれなくなったオズの叫《さけ》びに、アズールは答えない。

——そうして、どれだけの時間が過ぎただろうか。人当たりのいい笑《え》みを浮《う》かべるアズールは、唐突《とうとつ》に言った。

「正解です。毒を混ぜたのは私だ」

「！」

「でも、理由が違《ちが》う。ユリア様を殺そうなど思っていませんよ。あの毒は死ぬようなものではない。その上味もするから、一口飲んだらすぐに吐《は》き出せる。子供騙《こどもだま》しの代物《しろもの》だ。……しかし、私はフィリックスが目障《めざわ》りだった。城から出そうとして、毒殺の濡《ぬ》れ衣《ぎぬ》を着せました」

言葉を切ったアズールの口元から、笑みが消えた。

「単純な話です。女王の関心が、フィリックスに向くことが嫌《いや》だったんですよ」

「は……」

オズは言葉を理解できず、腑《ふ》抜けた声を出した。

すう、とアズールが息を吸う。

「私が魔法使いだと、ユリア様はわかっていた。その昔ね、私は彼女に告白しました。普通《ふつう》の人とは違う力があるのだと。……また生きる場所を失うと、覚悟《かくご》しての言葉だった。でもあの方は受け入れてくださって、それでもいいと領主のお屋敷に居場所をくれました」

語るアズールの目尻《めじり》が、心なしか柔《やわ》らかい。

「だから、私は誠心誠意尽《つ》くした。さして魔力が強くもないのに、化け物が住まう宗主国を偵《てい》察《さつ》するだなんて気の狂《くる》ったことをしてまで」

特殊《とくしゅ》な目を指さして彼が言う。セラに異形が奇襲《きしゅう》を仕《し》掛《か》けるとの情報を掴《つか》んだのはアズールだ。おかげで、フィリックスたちが迎《むか》え撃《う》つことができた。

「だから、再三のお願いをしたんです。……この力も、頭も、体も、全て捧《ささ》げてあなたに尽くす。代わりに、一つだけ――本当の私も、あなた方の仲間に入れてくれと何度も嘆願《たんがん》した」

本当の私、と言いながら、アズールは指先に淡《あわ》い紫《むらさき》の炎《ほのお》を灯《とも》した。

魔法《まほう》だ。

「けれど、だめだった。戦争に勝ってなお、国はまだ不安定だから魔法使いの存在を明かすわけにはいかない、の一点張りです。人は人外を恐《おそ》れて混乱するだろうから、正体は隠《かく》して、耐《た》えてくれとおっしゃった」

君主は期待に応《こた》えてくれないと感じるようになったのが、今思えば変化の始まりだった。

「……一方で、戦地から運良く生き延びた銀の騎士《きし》に目をかけるようになった」

妬心《としん》から、徐々《じょじょ》に失望が生まれた。

不思議の力を駆使《くし》して君主の望んだ以上のことをしても、存在すらも公《おおやけ》にしてくれない。

「星震の子よ、あなたは魔法使いに国が無いのはおかしいとは思わないのですか」

問われたオズは答えを持たない。アズールが言った。

「魔法使いは隠れ住め。さもないと恐れをなした弱き人々が猛《たけ》り、千年前のように魔女狩《まじょが》りを行う。……不公平だとは思わないですか」

「不公平なら、どうしろというのです」

「わかっているくせに。……存在を明かして、戦いに勝って、国を作ってしまえばいい」

オズはぎりと唇《くちびる》を噛《か》み締《し》めた。アズールの心は、感情は――きっと、普遍《ふへん》的な寂寥《せきりょう》だ。

（たしかに……たしかに僕も、悲しく思った。魔女《まじょ》避けを初めて見た時の衝撃《しょうげき》は忘れられない。それに、リドル家が僕らを受け入れてくれなかったら、僕たちは一生、森で身を潜《ひそ》めたはずだ）

オズは拳《こぶし》を握《にぎ》り込み、胸に滲《にじ》んだ痛みを忘れるように大きくかぶりを振《ふ》った。

「だとしても、あなたに魔法使いが賛同するとは思えない。現に、あなたは一人じゃないか」

「誰も声を上げてないからだ。皆《みな》、慣例通りに散り散りに生きることを選んでいる。……私が声を上げれば、いずれ必ずセラに隠れる同胞《どうほう》も、旅暮らしの仲間達も気づいてくれる」

アズールは言い切ったが、オズにはわからなかった。

国が欲しいと思ったことがないのだ。

（でもそれは、必要なかったからだ。……国がなくても、僕には家族の思い出も、東の国境の町も、ドロシーも――フィリックス様も、いてくれたから）

そこまで考えたオズに、アズールが続けた。

声が擦《す》り切れそうなほど弱く聞こえたのは、きっと勘違《かんちが》いではない。

「……でも、別にね。魔法使いだけの国じゃなくていいんです。先王が人生を懸《か》けて作ったこのセラに受け入れてくれるだけでいい。だから私は、ネロ様を弱らせた」

「そうか」

やっと合点がいって、オズが呟《つぶや》いた。

「あなたははなから殺そうなんてしてない。傀儡《かいらい》にするつもりだったのか。……弱った殿下《でんか》は玉座を背負えない。だから、代わりに自らが政治をする」

それから、宣言するのだろう。人以外の存在を、受け入れてくれるように。

「……セラ国に、魔法使いの――自分の居場所を作るために」

オズは言いながら違和感《いわかん》に襲《おそ》われた。到底《とうてい》、それがうまくいくとは思えない。ユリアが危惧《きぐ》した民《たみ》の混乱は避《さ》けられないだろう。魔法使いの存在は、どうあっても拒否《きょひ》されるはずだ。

そんなオズの心を察して、アズールは言った。

「だからさっき、私はオズを捕《つか》まえる必要があったのだと言ったでしょう」

「え……？」

気づいた時、流石《さすが》に指先が震えた。

わかってしまったのだ、彼の思惑《おもわく》が。

「――同胞の魔法使いを捧げれば、セラ国民は私を信じてくれるでしょう。同胞よりも、人類をとったと」

ネロを害した容疑を全てオズに被《かぶ》せる。その上で、オズを排除《はいじょ》するつもりなのだと。

「人類の王を呪《のろ》った悪い魔法使いを殺せば理解してくれる。……私は化け物だとしても、人間の味方なのだと、ようやく信じてくれるでしょうね」

＊

昼時のネロの寝室《しんしつ》には、一人の寝息《ねいき》と二人のため息が暗く満ちている。

椅子《いす》に項垂《うなだ》れるフィリックスは、消えない頭痛に悩《なや》まされていた。

日に日に加速する痛みに覚えがある。思い出せない夜について探《さぐ》ろうとした時と同じ疼痛《とうつう》だ。

しかし、それ以上に気が狂いそうなほど苛《さいな》まれていることがあった。

(もう一週間、オズは塔《とう》に囚《とら》われている)

ぎりと腕《うで》に爪《つめ》を立てて、ここを出たい衝動《しょうどう》を堪《こら》えた。……突発《とっぱつ》的に救いに行くのは現実的ではない。そんなことはわかっているのに、体が浮きそうになる。

正気を保つために、隣《となり》に座る騎士に話を振った。

「……それで、リカルドはアズールから魔法使いについて聞かされていたのか」

「そうだ。でも眉唾《まゆつば》だと思ったし、宰相閣下のことも信じ切れないから立ち回りに迷ったよ。ユリア様に厳命されていたしね、王子の護衛を志願するのなら王子以外の全《すべ》てを疑えと」

「！　志願して護衛になったのか？」

意外だった。フィリックスが言うと、リカルドが眉《まゆ》を上げる。

「嫌々《いやいや》やってるとでも？　俺は母君よりも繊細《せんさい》で、なーんにも切り捨てることができないあの方が到底王に向いているとは思えなかったから、心配で手をあげたのさ」

リカルドが続ける。

「そしたらびっくりだ。ユリア様まで、今際《いまわ》の際《きわ》に魔法がどうこうとおっしゃい出した。魔法使いを隠蔽《いんぺい》したことが何もかも間違いだったのかもしれないと嘆《なげ》かれて、あの人は逝《い》った」

それを受けて、フィリックスは眉間《みけん》を揉《も》んだ。

「陛下は宰相《さいしょう》閣下のことを、密《ひそ》かに疑われていたのだろうな。しかし証拠《しょうこ》を手にできず、我々《われわれ》に訴《うった》え出ることをなさらなかった。その辺り、潔癖《けっぺき》なお人柄《ひとがら》だから」

すると、だらしなく主君のソファに脚《あし》を投げ出したリカルドが、ネロが眠《ねむ》っているベッドの方を振り返った。

「俺は……正直、今後のことを迷っている。ネロ様にとっては、このまま玉座から追われた方が幸福なんじゃないかとすら思う。殿下はお母君と違い、あまりに優《やさ》しい質《たち》だ」

その時、ベッドからがらがらに掠《かす》れた声がした。

「それはダメだ。私は絶対に玉座を背負う」

いつもの不調で午睡《ごすい》をしていたネロが起きたのだ。

「殿下！」

リカルドが立ち上がり、薄絹《うすぎぬ》をまとった少年に毛布をかけた。

「私たちの見立て通り、もしもアズールが母上の王政に——人以外の存在を隠し、セラから締め出す方針に異を唱えてこんなことを仕組んだのなら」

それは、オズが囚われてからこの一週間で、彼らが情報を持ち寄って立てた予測だ。

「尚更《なおさら》、ユリアの子が始末をつけるべきだ」

ネロは弱々しくもはっきりとそう言った。それに、リカルドがぼそりと返す。

「ほら、あなたは何一つ切り捨てられない。だから、いつまで経《た》っても俺は手が離《はな》せない」

「……リック。そんなことを考えていたのか」

「ご無礼を何卒《なにとぞ》ご容赦《ようしゃ》くださいませ」

今更《いまさら》しずしずと傅《かしず》いた騎士に、若い王はふっと困った笑《え》みを浮《う》かべた。

「別に、本当のことだからいい。……にしても、アズールを止めようがないな」

ネロの言葉に、フィリックスが硬《かた》い声で答えた。

「宰相の立場は、オズの捕縛《ほばく》を経て頭一つ抜《ぬ》きん出ました」

今や彼が実権を握っており、ネロは寝込んだままだからと、わざとらしくアズールに阿《おもね》る輩《やから》も増えた。そんな彼らに有頂天《うちょうてん》になるでもなく、優しげに微笑《ほほえ》む宰相は以前と変わらない。二騎士に対しても何も仕掛けてこない。こちらが手を出せないと分かっているのだろう。

少しでも沈黙《ちんもく》がある度《たび》に、フィリックスの心を止めどない焦燥《しょうそう》が襲う。

オズを救い出さなくてはならない。

けれど、オズがなぜ牢《ろう》に入ったのかわからないフィリックスではない。ここで動けば、オズがやろうとしたことを壊《こわ》すことになる。

「……この髪《かみ》が竜《りゅう》の鬣《たてがみ》と同じというのならばいっそ、私が人間でなかったらよかった。山を越《こ》えて外に出る翼《つばさ》と守れる力さえあれば、オズと自由に生きられる」

馬鹿《ばか》らしくも異形に憧《あこが》れるなど、子供の時ぶりだ。

そんなフィリックスの独り言に、友の静かに感心した声があった。

「フィル、きみ変わったな。何かに執着《しゅうちゃく》するなんて思ってなかった」

リカルドは続けた。

「普通《ふつう》の人間扱《あつか》いされないことをあんなに嫌《いや》がっていたのに、いまはオズのためにそんなこと
まで願ってる」

彼の口調が柔《やわ》らかくなる。

「フィルにとって、たった一人の愛する人なんだな」

何気ない言葉だったのだろう。

しかし――これが、凪《な》いでいた水面に小さな小さな一石が投じられた瞬間《しゅんかん》だった。


『たった一人のあの子を愛したから、魔法《まほう》を解くことができるのね』

ぎぃん、と耳鳴りに似た音がした。小石が起こした波紋《はもん》はフィリックスの中に大きく広がり、
まるで全身の血潮が波打つようだった。

「っ……なんだ、これ」

両耳を塞《ふさ》ぐ。それでも言葉が、少女のようで老人のようでもある声で身体中に響《ひび》いた。

──フィリックスの周りを飛び交《か》う精霊《せいれい》の言葉だと、彼は気づけようはずもない。

『あの子はあなた一人に、魔力《まりょく》のほとんどと魂《たましい》の半分を使ったの』『雪が積もった丘《おか》、戦争の前の夜よ』『あなたは魔法使いを見た。それも、一番強い星震《せいしん》の子を』『彼は独りを恐《おそ》れた。だから、あなたに魔法をかけたの』『魔法はかけた分だけ返ってくるから、優しい魔法を』『不死の幸運を』『不死の幸運を』『不死の幸運をあなたに与《あた》えて、あの子は金の力を失った』──。

濁流《だくりゅう》が背中から体の中心になだれ込んでくる。欠けた玻璃《はり》のごとくがらがらと落ちてフィリックスの中に乱雑に積み上がっていき、しかしどれにも同じ景色が映った。

雪原。夜空。狼《おおかみ》。

金の目をした、黒ずくめの子供。

『死んではいけない。あなたは愛されるべきお人だ』

そう言った彼の顔が泣きそうだったことも、今の今まで忘れていた。

記憶《きおく》の中の少年の髪の毛が、大きな瞳《ひとみ》が、ざあっと音を立てて漆黒《しっこく》に染まる。

「あ……ああ、そうか。……そうだ。俺は、私は全て忘れ……て……」

「フィル？　なあ、どうしたんだよ」

リカルドが、突如《とつじょ》様子が変わった友を揺《ゆ》さぶる。

強い力で耳を押さえていたフィリックスは、その手を離したのちに呆然《ぼうぜん》と呟《つぶや》いた。

「……解けた……」

「はぁ？　きみ、気がおかしくなってないだろうな」

「違《ちが》う。……違うんだ、リカルド」

パッと顔を上げたフィリックスが、覗《のぞ》き込むリカルドの緑の目を見た。

その青い瞳には、ぎらぎらと銀が星のように点在している。

「なにもかもがわかった。私がオズの詠唱《えいしょう》の意味がわかるようになったのも、クロゼットから不思議な声がしたことも霊道《れいどう》を通れたのも……オズの目がたまに、金色に光った意味も」

頭痛は、いつの間にか消えていた。

「私にオズの魔力が流れていたからだ。それで、私がもらった彼の力が少しずつ本来あるべきところに戻《もど》っていったから、あの子の目は時折色が変わっ……」

――唐突《とうとつ》に響いたノック音に、フィリックスの言葉が中断される。

叩《たた》く音は五回。女中や下男ではなく、政務官が来たのだとわかった。

振《ふ》り回されっぱなしのリカルドが苛立《いらだ》たしげに立ち上がる。ドアを開けると、緑の制服を着た二人の男女がいた。

「この緊急《きんきゅう》時に申し訳ございません。殿下《でんか》の代わりに、宰相閣下が大法廷《だいほうてい》に立ちまして先ほど、魔法使い……の裁判が終わり……」

裁判。そう聞いて、ネロとフィリックスも駆《か》け寄った。

オズの名前はすでに忌《い》み名のようで、二人は口にしなかった。彼らは形だけの裁判の結果が書かれた報《しら》せをリカルドに手渡《てわた》し、そそくさと出ていく。

それを覗き込んで眉《まゆ》を寄せたリカルドの横で、フィリックスが微笑《わら》った。

「火刑《かけい》か。千年前の伝説を踏襲《とうしゅう》するわけだな。まったく、宰相閣下は人の心を掴《つか》むのが上手《うま》い」

「おい、感心している場合じゃないだろう。どうする、フィル」

「あちらが舞台《ぶたい》を用意するなら、私も乗ってやる」

「は⁉　嘘《うそ》だろ、オズを見捨てるのか」

その問いに、フィリックスは短く返した。

「違う」

心臓の真上。熱いそこを確かめるように、騎士《きし》服の重厚《じゅうこう》な生地《きじ》を摑む。

「……返せる時が来たんだ。ようやくな」

＊

オズを見上げる見物人は城のアプローチから町までぎっしりと埋《う》まっている。

夢でも見ているようだった。

その光景が、あまりに非現実的だったからだ。

（うわ、手首が鬱血《うっけつ》している……）

木でできた台に座らされたオズは、高く掲《かか》げられて木に縛《しば》り付けられた両手を見上げた。膝《ひざ》をついた両足の間にその木は刺《さ》さり、下には藁《わら》が積まれていく。この日のためこんな櫓《やぐら》まで作ったのかと思うと、笑えてきそうですらある。

この時代にこんな古風な刑があるだろうか。アズールは天性の政治家らしい。

(フィリックス様の姿が見えない。まさか囚《とら》われているのか？　いや、そんなはずは……)

途端《とたん》に不安になって辺りを見渡しても、見知った顔はない。背後にいるのだろうか。

(でも、よかったかもな。姿を見たら、我慢《がまん》できずに飛び出してしまっただろう)

魔法でここを脱《だつ》することはできる。ただ唱えればいい。

しかし、何度考えてもオズがここを逃《に》げたら、自分と彼にいいことが起きるとは思えなかった。待っているのは一生終わらない逃亡《とうぼう》か、フィリックスをも巻き込んだ隠遁《いんとん》生活だ。

たとえ何度戻っても、あの場面ではオズは自ら手を挙げて捕《つか》まりに行っただろう。

――遠くに鐘《かね》の音が聞こえた。

それが合図だったのだろう。中天の太陽に照らされたオズの足元に、いくつもの火が投げ込まれる。背後からアズールがなにか力強く宣言するのが聞こえた。それに応《こた》える民衆の声が波のようにうねって寄せてくる。

そこで、オズは気がついた。城に程近《ほどちか》い寺院の鐘の音が遠くに聞こえるわけがない。周りの人の声も、言葉として認識《にんしき》できないのはおかしい。

耳が遠くなっているのだ。水の中にいるように。

(そうか、僕は……思っていたより何倍も死ぬのを恐怖《きょうふ》しているんだ)

つけられた火が赤い塊《かたまり》にしか見えない。

(だから感覚が変なんだね。へえ、体ってよくできているな)

赤いゆらめきは蛇《へび》のように藁に燃え広がり、輪になり、しだいにここまで届くだろう。

脱力《だつりょく》して、瞑目《めいもく》した。

――しかし閃光《せんこう》のような声が背後から体を貫《つらぬ》き、ハッと目を開く。

「オズ」

それは叫《さけ》びではない。怒鳴《どな》ってもいない。

ただ真っ直《す》ぐに透《す》き通って、オズの鼓膜《こまく》を震《ふる》わせる。

パッと顔を上げた時には、オズの体は自由になっていた。縄《なわ》がばらばらと炎《ほのお》に落ち、瞬《また》く間に黒く崩《くず》れていく。前傾《ぜんけい》して倒《たお》れた体は、腹を何かに支えられた。男の片腕《かたうで》だ。

「おいっ……見たか、フィリックス様が騎士を斬《き》ったぞ！」

「嘘だ。なんで、英雄《えいゆう》が罪人の台に登ったんだ！」

誰《だれ》とも知れない民《たみ》の叫びを明瞭《めいりょう》に聞き取って、オズは我に返る。

「は……フィリックス様……？」

「縄を切った。ああ、警備の騎士は斬ってない。峰打《みねう》ちだ」

そう言われてオズが周囲を見下ろすと、いつの間にやら視界が正常に戻っている。

ぼやけた輪郭《りんかく》ははっきりと人の形を認識し、十数人の騎士がうめきながら地に臥《ふ》せっているのを、処刑台《しょけいだい》から見下ろした。今度こそ、夢でも見ているかのような気持ちだった。

「先ほどから目が見えていないのかと心配していたけれど、そうではないらしいな」

「あ……あの、なんで……」

「なんでもなにも。大事な預かり物を返さないといけない」

ゴウと火が嘶《いなな》く。

銀の髪《かみ》を煙《けむり》に漂《ただよ》わせる男は涼《すず》しい顔だったが、頬《ほお》に汗《あせ》があった。

高いこの櫓の上まで駆け上ってきたのだというのか。オズが諦《あきら》めているうちに、人を倒して道を開き、囲いと火を突《つ》っ切って、この上まで。

拳《こぶし》を握《にぎ》った。

涙《なみだ》が滲《にじ》むのがわかる。歓喜《かんき》と安堵《あんど》と……焦燥《しょうそう》だ。

「あなたが助けに来たんじゃ、僕がやったことがっ……」

「無駄《むだ》になると？　ならば言わせてもらうが、あなたは、私との約束を果たさないうちに死ぬつもりだったのか」

「そ、れは……」

口籠《くちご》もったオズに迫《せま》る火が強まる。アズールの叫びが聞こえた。兵をけしかけようとしているらしい。しかし取り囲む火を越《こ》えてまで押し寄せる者はそういないだろう。

炎に喧騒《けんそう》が隔《へだ》てられ、二人の立つ場所は静かだ。

フィリックスが髪を撫《な》でる懐《なつ》かしい感触《かんしょく》がした。しかし、続けられた言葉は不可解だ。

「その様子じゃ、私たちの思い出も忘れたままか」

「思い出……？　んっ……ぁ、なにをっ……!?」

「離《はな》すな」

小さな頭を大きな両手で抑《おさ》えられ、いっそ暴力的な口付けだった。舌が無理にねじ込まれる。歯が当たり、痛みに涙が一粒《ひとつぶ》落ちた時だった。

ぐらり。

空間がねじれ、揺れた。

炎に吸い込まれていったオズの涙が、炎の上に開花するように均整な円形に広がる。生じた花のような魔法陣《まほうじん》をなぞり、ぶわっと炎が大きくなった。オズとフィリックスを中心に火は外に押し出され、近くに立っていた人間たちが叫びを上げて転がるように離れていった。

――彼と口づけるさなか、オズの体に流し込まれるものがあった。

舌が火傷《やけど》するように熱く感じた。それはすぐにオズの体温に馴染《なじ》み、フィリックスの体の中から一雫《ひとしずく》ずつ注ぎ込まれて……。

最後には、夜空を切り裂《さ》く流星の如《ごと》き勢いで、体という器《うつわ》に流れ落ちる。声がした。それは今まで思い出せなかったあの夜の、若い騎士の断片《だんぺん》だ。

『セラの――偉大《いだい》な魔法使いよ』

そう呼ばれた時、小さなオズを見上げる青い瞳《ひとみ》には畏敬《いけい》の念があった。

『この魔法は、不死の幸運は何をしたら解ける……？　私だけ生き延びても、皆《みな》に申し訳が立たないだろ……！』

雪に這《は》いつくばる彼は、苦しそうに聞いたのだった。

そうだった。フィリックスは、五年前からこういう男だった。

(ああ)

きつく縛った記憶《きおく》の紐《ひも》がほろりと解《ほど》けたのは一瞬《いっしゅん》。

(本当に返ってきたのか)

きらきらと舞《ま》う眩《まばゆ》い光は、オズの魔力の色だ。

(……僕の身に、魔法と……愛が……かけた分だけ、今)

――祖母が残してくれた孤独《こどく》にならない方法は、嘘《うそ》ではなかった。

こんなもの、奇跡《きせき》に違《ちが》いない。

数秒の間瞳を閉じていたオズの頬に、フィリックスの手のひらが当てられた。

「オズ。大丈夫《だいじょうぶ》か、オズ？」

腕《うで》の中でぐったりとしたオズが、薄《うす》く瞼《まぶた》を開く。

「……やっぱりそうなんですね」

それから、喋《しゃべ》るフィリックスの口内を見てそう言った。その視線の先には鋭《するど》い歯と先が細い舌。ゆらりと片手を上げたオズがフィリックスの長い銀髪《ぎんぱつ》をひとふさ掴《つか》み、囁《ささや》いた。

「半分、いや、そのさらに半分かな……混じってる。やっぱり。ひとめ見た時からそう思ったのに、僕は弱くなったからそれすらわからなくなっていたんだ」

懐かしい感覚が次々とオズに蘇《よみがえ》ってくる。久方ぶりに蝶《ちょう》に似た精霊《せいれい》が見えた。それに、目の前のフィリックスから人とは異なる匂《にお》いがするのがわかる。

「でも……あなたがこの姿なのは、完全に変容するには血が少なすぎるのか、それとも自覚がないからでしょうか。痛っ……」

オズの頬を何かが掠《かす》める。血が流れたのを見てフィリックスが剣《けん》に手をかけた。

魔弾《まだん》だ。アズールだろう。オズが防護のために丸く光の膜《まく》を張った。しかし紫《むらさき》の光弾《こうだん》に、薄い金のヴェールはみるみる溶《と》かされていく。まだ、力は戻《もど》り切ってはいないのだ。

「フィリックス様。僕の魔力が満ちるまで、もう少しかかりそうなんです」

オズの息が切れる。巨大《きょだい》な力の塊を全身に行き渡《わた》らせるのは大変だ。思えば、フィリックスにキスされる度寝《たびね》てしまったのは、魔法が解けてもいないのに魔力が行き来したせいだろう。

魔力の塊を飲まされて気を失った昔のフィリックスに謝りたい気持ちになる。それでも彼が力に食い破られずに抱《かか》え切れたのは、特異な体をしているからだろうか。

そんなフィリックスを見込んで、オズが頼《たの》んだ。

「だから、飛んでくださいませんか」

「オズ、さっきから一体なにを……」

「本当のあなたを見ても、決して嫌《きら》いになんてなりませんから」

目を見開いたフィリックスの体に手を差し入れた。肌《はだ》をぬるりと突き破《やぶ》った心臓のあたり、彼の魂《たましい》に触《ふ》れるのは初めてだ。

どく、と、オズにも伝わる鼓動《こどう》があった。

それから、地が揺《ゆ》れるのに似た音がした。めりめりと木の根が引き裂かれて倒れるような音。新しい何かが、表層を突き破って出てくる音――。

ゴッ……と、風の嗎を聞いたと思ったら、もうそこに硝煙《しょうえん》はなかった。

「わあ！　やっぱりそうだと思った」

腕の中のオズが、頬を紅潮させて言った。

「フィリックス様、あなたには本当に竜《りゅう》の血が混じってる！」

何を馬鹿《ばか》げたことを、と返そうとした。けれど口に違和感《いわかん》がある。噛《か》み合わせると、覚えのない位置でガチッと歯が鳴った。……それが牙《きば》だとわかって瞠目《どうもく》した。

「嘘だろう……夢でも見ている気分だ」

フィリックスが掠れ声で言った。さっきまでオズが思っていたことと同じだ。浮遊感《ふゆうかん》がある。でも、恐怖《きょうふ》はない。

フィリックスは遠くを見ながら、腿《もも》を支えられて腕に座った格好のオズに聞く。

「教えてくれ。……今の私はどんな姿だ」

返ってきたのは、どこかうっとりとした声。

「銀箔《ぎんぱく》が散る空色の瞳、腰《こし》まで届く星屑《ほしくず》の髪。信じられないくらい美形のお顔で……肌がほんの少しだけ、光る鱗《うろこ》に覆《おお》われている」

オズの手がフィリックスの首から輪郭をなぞった。確かにところどころ、慣れた感覚とは異なった。陽光を弾《はじ》くそれはずいぶん綺麗《きれい》だったが、フィリックスに確かめる術《すべ》はない。

「あとはここに大きな翼《つばさ》がある。それ以外は、何も変わりません」

そうして再び背中に回されたオズの両手が、硬《かた》い鱗に覆われた一対の翼の根を穏《おだ》やかに撫でる。触《さわ》られて理解した。あるはずのない触覚《しょっかく》が、オズの体温を感知しているのだ。

「参ったな……」

フィリックスはオズの薄い肩《かた》に額を寄せた。そのままぐりぐりと押し付けると、「わ」とオズが慌《あわ》てた。そうして、やっと戻ってきた魔力が体に馴染み始めたらしいオズがぽつりと言う。

「それで……それで、これからどうしよう。結局僕のせいで、何もかもバレてしまった」

真面目《まじめ》な彼は不安が尽《つ》きないらしい。痩《こ》けた頬《ほお》を撫で、フィリックスが微笑《ほほえ》む。

「実はな、オズ。本当に翼竜《よくりゅう》なら空を飛んで逃《に》げられたのにと、人生で二度も夢想したことがあるのだ」

一度目は幼い日。二度目は、恥《は》ずかしながらつい最近だ。オズが顔を上げた。

「え……」

「今更《いまさら》、私にはもう何も恐《おそ》れるものはないよ。……あなたは偉大な魔法使いで、なにより私にどこにでも行ける翼をくれた」

フィリックスの羽根が風を掻《か》いた。それは優《やさ》しい春の空気に突風《とっぷう》を巻き起こし、二人はさらに上へと上がっていく。

「見ろ」

フィリックスが言った。

二人で下を見渡《みわた》せば、ここが城の遥《はる》か上空だとわかった。燃え盛《さか》る炎《ほのお》も、騒《さわ》ぐ人々も煉瓦《れんが》の町並みも、人形遊びのようにすら見えてくる。

見下ろしたセラは広く——そして、未開だ。

都はあんなにも狭《せま》い。先の村は点のように見える。

緑に覆われたこの国はまだまだ発展途中《とちゅう》で、人の力は——二人を悩《なや》ませた思惑《おもわく》や、恐怖や、嫌悪《けんお》は、あまりにも小さいものだったらしい。

「きっとオズがいなかったら、自分の正体に一生気づかなかったよ。一方で、どうしても周り

と同じになれないことに絶望して腐《くさ》ったろうな」

風が銀の髪《かみ》を彼の顔に貼《は》り付ける。それをオズが払《はら》うと、フィリックスと目があった。

「だから、ありがとう。オズ、あなたに支えられた」

指先がオズの頬から首筋、耳を撫《な》でていく。

「せい、なんて言うな。オズのおかげでこんなにも気分がいいのだから」

軽くなったのは、飛ぶことを覚えた体だけではない。心もそうなのだと、一筋涙《なみだ》を流したオズに伝わればいい。だから目尻《めじり》に口付けると、オズはやっと言葉を絞《しぼ》り出した。

「僕も……僕も、同じです。ありがとう、フィリックス様」

オズは、服の下のロケットを握《にぎ》った。

「支えられたのは、僕の方だっ……」

冬枯《ふゆが》れの森の中、思い出だけと寄り添《そ》って生きる覚悟《かくご》を決めなくてはいけない時に、夜中にひとりぼっちの彼と出会った。翌朝、出征《しゅっせい》する騎士《きし》の凛《りん》と響《ひび》く声を聞いた。

夢中でフィリックスを追いかけていた時、オズは寂《さび》しさを忘れられた。

じわりじわりと、体に金の力が満ちる。

精霊はオズにささやく。『心のままにやって見せて』と、彼らの言葉で背中を押してくれる。

——す、とオズは指を掲《かか》げた。

心に思う魔法《まほう》を、金の光で空に描《えが》く。これが神業《かみわざ》なのだと、一度力を失った今はよくわかる。

以前は家族の誰《だれ》とも違う力を疎《うと》んじたけれど、今は誇《ほこ》らしい。

それは、独りじゃなくなったからだろうか。それとも、目の前の男が子供のように期待して瞳《ひとみ》を輝《かがや》かせているからだろうか。

「……久しぶりに、自由に魔法が使えますね」

オズが言った。いつの間にか、上空にはとてつもなく大きな、大輪の金の花が咲《さ》いた。

フィリックスは圧倒《あっとう》された。

あの、魔法の宵《よい》と同じ。

オズが描く複雑な円陣《えんじん》は、絵のようで記号のようで、規則性があるのにとても読めない。

その光の筋はがちゃがちゃと動き、組み替《か》えられ、まるで息をしているみたいだ。

「セラに祝福を」

短く言った瞬間《しゅんかん》、二人を通り抜《ぬ》けて光の花束が都に落とされた。

火事になりそうだった火が消え、焦《こ》げた焼け跡《あと》も無くなり、土があるところには色とりどりの春の花が芽吹《めぶ》く。町がそのままブーケになったように彩《いろど》られ、病を消し、怪我《けが》を治し、崩《くず》れた建物はたちまちに綺麗に整えられ——人の不安を、オズの魔法が攫《さら》っていく。

「見事だ……」

視力がいいフィリックスは地上に焦点《しょうてん》を合わせた。みな、一斉《いっせい》にこちらを見上げているのがわかる。先ほどまでは恐怖と混乱だった彼らの表情が、ぽかんとしていた。

「ああ……アズールが立ったまま呆《ほう》けている」

フィリックスが言うと、オズが目を伏《ふ》せた。

(……あの人は、もしかしたら命を絶つかもしれない)

そう思って、水色の魔法使《まほうつか》いに魔法を落とした。現れたのは木の根でできた手錠《てじょう》だ。それはアズールを拘束《こうそく》し、どさりと地に伏せさせる。

彼のやったことは罪だ。でも、言い分の全《すべ》てを理解しないまま死なせてはならない。……そう思うのは甘いのかもしれないけれど、これ以上はオズの領分ではない。

「オズ、リカルドとネロ様もいる。……あはは。ネロ様の方がしっかり者だな。こっちを呆然《ぼうぜん》と見上げるリックの肩を揺《ゆ》さぶっているよ」

その言葉にオズも笑《え》みをこぼした。あの王子は幼く、未熟だ。

でも、玉座を背負うのに向いている。少なくとも、アズールの何倍もネロはいい王になる。

「さて、どこに行こうか。大陸を囲む海か、海向こうの砂漠《さばく》の国とやらを見に旅にでも……」

フィリックスが、視線を町からオズに戻《もど》してそう聞いたとき……やっと気づいた。

風を纏《まと》う黒い髪はそのままだ。けれど目の色が、金に戻っている。

輝きに息を呑《の》んだフィリックスに、穏やかなオズの声がした。

「待ってください。あなたに言わなくてはならないことがあります」

澄《す》んだ空気を吸って、オズは笑顔で言った。

「僕はフィリックス様が好き。大好きです」

意外なほど、声はするりと出た。

不意打ちに、フィリックスが大きく目を見開く。

「ずっとずっと、あなたと一緒《いっしょ》がいいです。……気持ちを話す約束、やっと果たせましたね」

青年は「えへへ」と照れて笑う。

「これでようやく、僕は一個も嘘《うそ》がなくなっ……ん、ぅう」

――しかし笑みは、言葉ごと唇《くちびる》に飲み込まれた。


旅に出るか、と嘯《うそぶ》いたくせに、フィリックスの翼はまっすぐに郊外《こうがい》の屋敷《やしき》に向かった。

ぎゅう、と隠《かく》されるように両腕《りょううで》で抱《だ》き込まれたオズが戸惑《とまど》って顔を見上げたら、青い目が据《す》わっているのがわかって視線を逸《そ》らした。それでも、顔が熱くてしかたない。

先ほどのオズの魔法のおかげか、荒廃《こうはい》した屋敷はすっかり修繕《しゅうぜん》されていた。白亜《はくあ》の邸宅《ていたく》は輝かんばかりで、庭には花が咲き乱れている。

使用人らは滑空《かっくう》してきた主人に腰《こし》を抜かし、庭に降りると同時にするりと幻《まぼろし》のように翼《つばさ》を消したフィリックスに「しばらく放《ほう》っておけ」と声をかけられて、ただ呆然と頷《うなず》いた。

可愛《かわい》らしい偽《にせ》ドロシーの部屋は、久方ぶりに来ても綺麗《きれい》に掃除《そうじ》されていた。

オズはベッドの縁《へり》に座るフィリックスに抱きしめられたまま、みじろぎ一つできない。彼はオズの首もとに顔を埋《うず》め、縋《すが》るようにして密着するばかりだ。

「あの、フィリックス様」

「なんだ」

「ええと、これから僕らは逃げないといけないんじゃ……」

「もっと大事なことができた。……誰にも邪魔《じゃま》されたくない。力を貸してくれないか？」

顔を上げたフィリックスの瞳に見覚えがあった。見合いの後、同居を断ろうとした時のあの顔だ。可愛らしい子犬のような表情で、寝室《しんしつ》に目隠《めかく》しの魔法をかけろとねだるのだ。

意図がわからないオズじゃない。真っ赤になりながら、到底拒否《とうていきょひ》できようもなく、何も唱えず指先を滑《すべ》らせた。金粉が舞《ま》う。「綺麗だ」と、フィリックスの親指がオズの目元を撫でた。

ぎゅっと目を瞑《つむ》ったオズが彼の服に縋り、言った。

「あっ、あの、心の準備が全くできてなくてですね」

「……待てと言うのなら、私はいつまででも待てる」

しゅんとした声にオズがバッと顔を上げた。きゅう、と切なげな鳴き声すら聞こえてきそうなのに、目の奥にはぎらついた欲《よく》を感じる。

オズはあわあわと震《ふる》えながら、思わずこう溢《こぼ》した。

「し、信じられない。推《お》しが僕に、僕なんかに、こんな……」

「信じてくれ。好きでたまらないんだよ。どうか……私にあなたをくれないか」

祈《いの》りに似た声で、フィリックスはオズの手を取って甲《こう》に口付けた。何度も繰《く》り返したのちに、眉根《まゆね》を寄せて苦しそうに彼は言った。

「あなたと生きたい」

真っ直《す》ぐに見つめられて、オズは胸を締《し》め付けられた。

もう完全に思い出しているのだ。五年前、蒼白《そうはく》の顔で幽鬼《ゆうき》のように丘《おか》にやってきたフィリックスを。……彼はやっと、死に場所を求める旅を終えたらしい。

だから、惑《まど》いながらも、先程《さきほど》の言葉に小さく返事をした。

「全部、差し上げます」

オズから口付けたら、すぐにくるりと視界が反転する。キスはどんどん深くなり、ふわふわの真っ白の天蓋《てんがい》に似合わない貪《むさぼ》るようなものに変わっていった。

「んっ……は、ぁ」

鼻で息をするのだといつか言われた言葉を思い出して懸命《けんめい》に応《こた》えた。銀の滝《たき》の合間から見えるフィリックスの瞳は閉じられて、まつ毛が震えている。

オズに馬乗りになった彼はこちらを見下ろし、小さく「可愛い」と笑んだ。薄《うす》いレースのカーテンから日差しが入る。性急にシャツを脱《ぬ》いだ恋人《こいびと》の肌《はだ》が晒《さら》されて、ぼうっとしていたオズが我《われ》に返って「ぎゃ」と叫《さけ》んだ。色気もへったくれもない声に、くすくす笑い出したフィリックスがオズの服に手をかける。

「いつかのように、また鼻血を出してくれるなよ」

「しっ、し、仕方ないでしょ！　あ、待って僕シャワー浴びてないそれだけは無理」

言うや否《いな》や、オズの頭から爪先《つまさき》までが薄い膜《まく》に包まれる。ぱちんとヴェールが弾《はじ》けると石鹸《せっけん》に似た香《かお》りがして、フィリックスが感心したように言った。

「便利なものだな」

「こんなことに魔法を使うだなんて……」

「あまり恥《は》じらうな。優《やさ》しくできなくなりそうで、怖《こわ》い。こう見えて、気がおかしくなりそうなくらい我慢《がまん》してる」

大真面目《おおまじめ》に言う男をオズが絶句して見上げると、いつの間にか上半身を脱がされていた。肌と肌をぴたりとくっつけると気持ちいい。そんなことすら初めて知ったオズは、重なる鼓動《こどう》に安堵《あんど》し、広い背に手を回す。至近距離《きょり》だと、視界の暴力が減ってまだ冷静になれる気がした。

「……傷跡《きずあと》がぼこぼこしてる」

「あまり綺麗なものではないだろ」

「でも、この背に何度も守られました」

雪の丘、戦時中、バザールの日に、城内。刑場《けいじょう》でだって、彼は躊躇《ちゅうちょ》しなかった。

じんと胸が痺《しび》れる。しかし、そんなオズに苦笑《くしょう》が降ってきた。

「あなたを守った男があなたを奪《うば》おうとしてる。わかっているのか？」

幼児に言い含《ふく》めるような物言いには、若干《じゃっかん》の焦《あせ》りと先ほど見た欲の片鱗《へんりん》がある。まさか自分に、という気持ちが拭《ぬぐ》えないまま、オズは胸にほのかな電流が走るのを感じて声を上げた。

「んっ……あぁ、なんでそこっ、あっ」

ずっと大好きだった人にあらぬところを舐《な》められている。じゅ、とぴんとたった片方の尖《とが》りを吸われてびくと跳《は》ねた腰を、片方の手でベッドに押さえつけられた。

「あ、あっ……ま、まってぼく、女の子じゃないし」

「知ってる」

歌うように言うフィリックスの手が、オズの股《また》に伸《の》びた。いつの間にか勃《た》ち上がったそこをゆるゆると布越《ご》しに撫《な》でられてたまらない気持ちになった。

「ふっ……ん、んう、あっ！」

もどかしい刺激《しげき》の合間に乳首《ちくび》を吸われて甘い声が漏《も》れた。歯を立てられた時にはっきりと快感を自覚して涙《なみだ》が滲《にじ》んだ。推しにこんなことをさせている。それで気持ち良くなっている。そんな自分を受け入れられない気持ちと、絶え間ない刺激にぽろりと涙が落ちた。

「オズ？　悪い。痛かったか」

「ち、ちが……違《ちが》う。僕、僕こんな……こんなところ、あなたに見られたくない」

「こんな？　……焦《じ》れて腰を浮《う》かせて擦《こす》り付けたり、胸で感じたりする様子を？」

明らかに意地悪だとわかる口調に、オズは強い羞恥《しゅうち》を感じて手で顔を隠そうとした。それを許さず、指を絡《から》めたフィリックスがオズの頭の横に手を縫《ぬ》いつける。

どろりと甘い響《ひび》きを纏わせて、彼は言った。

「可愛いよ。……私はもっと見せてほしい。逃《に》げられないさ」

グッと手に力がこもったかと思えば、ニヤと笑ったフィリックスの舌が口腔《こうこう》に侵入《しんにゅう》してくる。息ごと奪われてオズの頭がぼんやりしてきた時に、今度はもっと明確な快楽があった。

「っ……ん、んっ……ぁ、ああっ、あ」

下着の中に手を入れられて、大きな手のひらに収まるそれを握《にぎ》られた。ゆるやかに擦られて、止めどない先走りがぐちゅと卑猥《ひわい》な音を立てる。びくびくと何度も跳ねる体はフィリックスにのし掛《か》かられて、オズは抵抗《ていこう》できずにただ喘《あえ》いだ。

「あぅ、あっ……ん、そこ、先のと、ころっ……あん、あっ……」

怖いほど真っ直ぐ見つめてくる青い目が燃えている。

「先の方が感じる？　教えてくれ」

フィリックスが囁《ささや》いた。ずり落ちた衣服と下着の中から、大好きな人の手に慰《なぐさ》められている自分の性器が覗《のぞ》いてオズは頭が沸騰《ふっとう》しそうな心地《ここち》に陥《おちい》った。

「い、いく、手っ……手、汚《よご》しちゃいまっ、す、離《はな》し……あっ、あぁぁあっ……！」

「いいから。見せろ」

耳に直接流し込むように密《ひそ》やかに言われて、弾けた。我慢なんて到底《とうてい》できない。視界も触覚《しょっかく》も暴力的なほどに刺激的で、オズがはふはふと息を漏らす。

　フィリックスの指先にまとわりつく白いものに、彼が先の尖った舌を這《は》わせているのを見て
オズは我に返った。なんてことをしたのだ。

「あ、あああ〜……ごめんなさい、しかも剣《けん》を持つ方の手を汚して」

「汚《きたな》くない。あなたは私を神聖視するきらいがあるな」

　言いながら腰を押し付けられて、硬《かた》い感触《かんしょく》にオズが赤面した。

「……いつかも言っただろう。私はただの男だよ。あなたに焦《こ》がれてる」

「ひぅっ……あ、耳、やぁ」

「こんなところまで弱いのか？」

　耳朶《じだ》を甘噛《あまが》みする楽しげな声に、オズは言い返した。

「い、意地悪だったんですね、フィリックス様は」

「そうだな。私も初めて知った」

　涼《すず》しい顔の彼は続ける。

「そう言うあなたは意地悪が嫌《きら》いじゃないみたいだが。……魔法《まほう》で逃げようともしない」

　図星をつかれてオズは固まる。その通りだった。手に押さえられて、彼の思うようにされる
のは気持ちがいい。また羞恥で泣きそうになると、目尻《めじり》に優しいキスが降ってきた。

「可愛《かわい》い。何度言っても足りない」

また、青い目に炎《ほのお》が揺《ゆ》らめくのを見た。すぐにくるりと体をうつぶせにされたオズが惑う暇《ひま》もなく、丸い線を描《えが》く尻《しり》に唇《くちびる》の感触が降ってきて驚《おどろ》いた。

「な、何をしようと」

「傷をつけたくない。……用意が悪くてすまないな。今度はちゃんと買っておく」

潤滑剤《じゅんかつざい》のことだと思った時、オズは悪い予感がした。それは的中したようで、オズの薄い下腹に手を差し入れて腰《こし》を浮かせたフィリックスは、舌をそこに這わせたのだ。

「やだぁ、きっ、汚いですってば」

「俺に全部くれると言ったのはお前だろ」

きっとフィリックス本人は気づいていない、本気で焦れた口調にオズがびくと震えて黙《だま》った。普段《ふだん》の優しさが剝《は》がれた彼も好きなのだ。

にゅる、と粘膜《ねんまく》が触《ふ》れる。起きていることに頭が追いつかず、ただ聞こえてくる水音が卑猥で現実感がなくなっていく。それでも、不快感はなかった。ただもどかしくて仕方がなくて、一回出したのにまた首をもたげたそこに無意識に手を伸ばしたら、フィリックスの片手に包まれて、咎《とが》められた。

「我慢しろ」

「う、でも……」

「……疲《つか》れすぎると後がつらいだろ。それにしても、あなたにも欲《よく》があって安心した」

「え」

「金の子は、厳《おごそ》かな神様のようだったから」

フィリックスの言葉の意味がわからないうちに、唾液《だえき》を注ぎ込むようにしていた舌の抜《ぬ》き差しが激しくなって、がくがくと膝《ひざ》が震《ふる》えた時にもっとはっきりとした輪郭《りんかく》のものを中に感じた。

指が中に入ってきたとわかった時、異物感よりも歓喜《かんき》が勝った。

「あっ！　ん、あ」

にゅく、と動く指が曲げられて一点を掠《かす》める。

「ひゃ、あっ？　あ、あああっ、そこ、っあああ、ん」

明滅《めいめつ》する光が視界に弾け、強すぎる感覚が快感だと気づいた。体を起こしたフィリックスが背後から抱《だ》きこんできて、オズの耳にちゅ、とキスをくれた。

「痛くは……ないようだな。すぐに良くなれて、いい子だ」

優しい言葉と裏腹に、中を暴《あば》く指が増えて刺激は増す一方だった。腰に重く溜《た》まっていく快感がつらい。ぐ、と気が狂《くる》いそうなくらいに気持ち良くなる一点を強く押されて、感じたことがないものが体の中心から喉元《のどもと》に駆《か》け上がり、そのまま悲鳴に似た喘ぎ声になった。

「あんっ、あぁああぁ～……っ」

口の端《はし》からよだれを垂らし、金の瞳《ひとみ》にびかびかと光を散らすオズの中心は勃ったまま。射精してないのに達したことに気づいて「え？　え？」と戸惑《とまど》うオズに、フィリックスがたまらないとばかりにぎゅうと腕《うで》に力を込める。

「可愛い。いい子。中でイったんだよ」

「？　ふぇ、あ、まだ気持ち、よくて……」

オズがぼうっとしていると、組み敷《し》いたフィリックスに脚《あし》を持ち上げられた。何をされるのか察してどくと心臓が高鳴った。今までだってものすごく気持ちが良かったのに、まだ本番じゃなかった。そう思うと逃げ出したくなったが、視界に、彼がずっと我慢《がまん》していた証拠《しょうこ》の隆起《りゅうき》を見つけてきゅうと胸が甘く鳴いた。

意地悪だったけれど、優《やさ》しかった。痛くも気持ち悪くもなかったのだから。

「……やく。はやく、僕をあなたのものにして」

ねだる声が自然と出てくる。その瞬間《しゅんかん》に、フィリックスの手つきに躊躇《ためら》いがなくなった。

脚を開かせて肩《かた》にかけ、オズの腹を片手で圧《お》す。く、と柔《やわ》くベッドに沈《しず》ませると「いいな？」と言ったフィリックスの口元に白磁の牙《きば》が見えた。

頷《うなず》いた瞬間、ぴたりとつけられていた熱いものが突《つ》き立てられる。

「っ……う、ぅう、あ」

先が中に入ると、なんとか体を弛緩《しかん》させようとオズが深呼吸をした。

「……ずっと欲しかった」

そう言われ、オズがぎゅっと閉じていた瞼《まぶた》を開けると、潤《うる》んだ瞳のフィリックスと目があう。

「ずっと。……ずっと、オズだけ。何年も記憶《きおく》を探《さぐ》って、ずっと……」

ぐ、と腰が進む。赤い顔のフィリックスが歯を噛み締《し》めて耐《た》えているのは、快感にだろうか。

そう思うと、愛《いと》おしくてたまらない。オズはふらふらと両手を彼に伸《の》ばした。なんとか首元に届いた両手の指を絡ませてすがると、「はあ」と苦しげに息を吐《は》いたフィリックスが言った。

「入った。……痛くはないか」

「な、いです」

本当だ。でも、一向に慣れない。熱くて大きくて、身体中が満たされたように感じる。

「……ふふ」

「オズ？」

「嬉《うれ》しいな。フィリックス様でいっぱいだ」

「…………お前は」

ゆるりと口角を吊《つ》り上げるオズに、地を這うような声が応《こた》える。「え？」と戸惑う金の目を睨《にら》んで、フィリックスが両手で腰を摑《つか》み直した。

「こっちの気も知らず」

「あっ？　あ、あぁあっ、ん、ふぁあっ」

唐突《とうとつ》に始まった律動に翻弄《ほんろう》されて、オズが高く鳴いた。的確に、指で教え込まれたところを突かれる。もう何度か出さずにイってるのかもしれない。気持ち良すぎてわからない。

激しい抽挿《ちゅうそう》だった。怒《おこ》らせたのかもしれない、と、揺れる視界の中フィリックスの顔を捉《とら》えると、そうではないことがわかって安堵《あんど》した。彼はただオズを見つめて、こちらが溶《と》けて消えそうなほどの視線をくれている。好きだと、求めてやまないのだと嫌《いや》でもわかる。

「息を吐け」

短く命じられて、オズが言う通りにしたら、彼がもっと腰を入れてきた。ぐ、とこじ開けるように一番奥に押し付けられると、じわじわと逃《に》げ出したくなるような痺《しび》れが広がる。

最初は淡《あわ》いものだったのに、どんどん濃《こ》くなっていくような錯覚《さっかく》を覚えてオズは言った。

「あぅ、んっ……ぅあ、ん……お、奥、へん、変になっちゃ、助けてぇ……」

「変じゃない。気持ちがよくなってきたんだよ、オズ」

ふ、と微笑《ほほえ》む頬《ほお》から、長い銀糸に汗《あせ》がしたたった。光るそれがもったいなく感じて、オズが思わず口を開けたらキスで塞《ふさ》がれた。

「んっ、んぅ、ふ」

キスしながら細かく揺さぶられた。気持ちが良くてたまらなくて、全身を使って混ざり合っている心地《ここち》がする。ずっと続けばいいと思っていたら、突然《とつぜん》、奥をトンと突かれた。

「あんっ！　あっ、ま、まって」

キスから解放されて、先程《さきほど》の痺れとは比べ物にならない感覚に襲《おそ》われた。トン、と優しくさ

れているはずなのに、まるで吐精した時のようなビリビリしたものが指先まで届くのだ。

「おっ、奥、おかしいれ、す。本当に、あんっ、あぁぁあっ、とんとんいやぁっ」

「おかしくない。可愛《かわい》いよ」

「あん、あぁあっ、んっ、ふ、ぁあ、こわ、怖《こわ》い、ずっとイっちゃ、あん」

「怖いなら目を開けろ」

そう言われて、オズは真上にフィリックスの瞳を見つけた。青の奥に散るのは銀色。安心する色だ。けれど快楽の底に追い詰《つ》める腰は止まってくれず、ただ喘《あえ》ぐしかできない。

「……好きだ。好きだよ」

弾《はず》む息の合間の掠れ声に、オズが目を見開く。聞き間違《まちが》いでなければ、彼は——。

次の瞬間、ぽつりとオズの頬に雫《しずく》が落ちてきた。

「泣かな、で……僕も好き。すき、あっ……ぁああ、熱い、なか、すき、好き」

ずっと止まらない絶頂のさなか、彼が自分の中で果てるのを感じて嬉しくなった。

奪《うば》うように暴いているのに、まるで尊いものを独り占《じ》めするように両腕《りょううで》は縋《すが》り付く。ちぐはぐな仕草に胸を引き絞《しぼ》られて、快楽に揺《ゆ》すられながらオズは銀の頭を胸に抱きこんだ。

「んっ……も、もう、ひとりじゃ、な、です」

「オズ」

ぐちゃぐちゃの顔で微笑むと、つぅと銀の針のような涙《なみだ》を流した目と視線が混じり合う。

「独りじゃ、ない。僕も、あなたも、……生きるんです。一緒《いっしょ》に」

そうして、ようやく息を整えた頃《ころ》。

震える「ありがとう」が最後に聞こえて、オズは眠《ねむ》りに落ちた。

＊

三年前の戴冠式《たいかんしき》で、若い王は宣言した。

いずれセラは、単なる戦後ではなくなる。そのために、国交を開く。

それに伴《ともな》い、国土に密《ひそ》かに根を張る善良な人外――魔女《まじょ》と魔法使いの存在を、正式に認めると。

新王即位《そくい》の際に謀略《ぼうりゃく》を巡《めぐ》らせたアズールは法廷《ほうてい》で事情を詳《つまび》らかにされたが、結局下された判決は大逆罪だった。しかし、死罪は、永久に城内の座牢《ざろう》に囚《とら》われる禁錮《きんこ》に変わった。

周囲の反対を押し切って恩赦《おんしゃ》を言い渡《わた》したのは、他《ほか》でもないネロだ。

「私が作るセラには、アズールが必要だから。一生ここで働いてもらう」

そんな王の言葉は今なお物議を醸《かも》しているが、日を追うごとに反感は減っていっている。

……アズールが抱《いだ》いた居場所がないという恐怖《きょうふ》は、ほんの八年前までの人類も、一千年に渡って味わってきたものだったからかもしれない。

そして、多様な国にすると息巻いて玉座に収まったネロに懇願《こんがん》されて、どこぞに旅にでも出ようかと思っていた竜《りゅう》混じりの元騎士《きし》と魔法使いにも、半ば強制的に居場所が設けられた。

フィリックスは再び騎士団長に、オズは新たに作られた魔法《まほう》館とやらの長をやってくれと頼《たの》み込まれたのだ。

――朝寝《あさね》坊《ぼう》できるのは久しぶりだった。

すでに日が高い春の寝室《しんしつ》で、眠るフィリックスの横で先にオズが目を覚ます。

騒動《そうどう》の後、フェローズ家はフィリックスとの絶縁《ぜつえん》を申し出た。この白亜《はくあ》の邸宅《ていたく》が手切れ金代わりだ。当の本人に言わせてみれば『似合いもしない名字がなくなっただけ』らしい。

「ああ……手紙が届いてる」

窓の外に鳥の影《かげ》があった。半裸《はんら》のオズが立ち上がって手を差し出すと、それは硝子《ガラス》をすり抜《ぬ》けて指先に止まる。生きた鳥ではない。これはオズが紙を折って作った魔法具だった。

そんな手紙がぱたぱたと開いていく。しかし開き切らないうちに、中から聞き慣れた大声がしたからオズは体を跳《は》ねさせた。

『最っ悪よ……リカルド様と公的にお近づきになれると思ったから開国と貿易の手伝いなんて面倒《めんどう》な仕事引き受けたのに、初日に失恋《しつれん》するなんて！　とんだ伏兵《ふくへい》が――』

手紙の内容を全部聞く前に、オズは勢いよく両手でそれを挟《はさ》んで閉じた。

「ドロシー……声量抑《おさ》えてっていつも言ってるのに……」

予想通り、城でこき使われている親友からだった。あらかじめリカルドは望み薄《うす》だと伝えていたのに、彼女は聞いちゃいなかった。

そんな、窓辺に立つオズの肩《かた》に、するりと長い腕《うで》が絡《から》みつく。フィリックスが起きたのだ。

「……リカルドは昔からネロ陛下につきっきりだが、あれは色恋《いろこい》の類《たぐい》なのか？」

寝起きの低い声で、まだ目も開き切らない彼は聞いた。

「あ、起こしてしまいましたね。すみません……迂闊《うかつ》に手紙を開いて」

「構わん。もう昼だ、夜更《よふ》かししたとはいえ寝過ぎたな」

昨夜の名残《なご》りで、フィリックスもほとんど裸《はだか》だ。今やすっかり安心する体温に身を預けていると、オズのうなじを見たフィリックスが悄然《しょうぜん》とした。

「オズ……痕《あと》が消えている。魔法か」

「え？　あ、あ～……今日は出かけるから、万一見えたら恥《は》ずかしいなって……」

「出かけるだと。どこに」

「……し、新作の舞台《ぶたい》」

金の目を泳がせると、途端《とたん》にフィリックスの深いため息が落ちてくる。

「あなたのその趣味《しゅみ》だけは到底《とうてい》わからない。私が目の前にいるのに、なぜ偽者《にせもの》を観《み》たがる」

「せ、設定が面白《おもしろ》いんです。あの～フィリックス様が本当に完全な翼竜《よくりゅう》だったらとか」

「私は翼《つばさ》以外も得る努力が必要か？」

言葉の直後に、オズの顔を強い風が撫《な》でた。思わず目を閉じた次の瞬間《しゅんかん》には、フィリックスの背に、太陽を弾《はじ》いてきらめく翼がある。

めったなことで使わないそれを久しぶりに目にし、綺麗《きれい》さに息を吐《は》く。非現実的な美貌《びぼう》に、非現実的なものがついているとこんなにもイイ……と、何度見ても感嘆《かんたん》するのだ。

しかし、見惚《みと》れるオズをよそにフィリックスはふっとそれを消してしまった。

「……目の前の私に集中してくれ」

「そりゃ、本物が一番に決まってます」

「なら劇など行くな。ずっとここにいろ」

首筋にキスが落とされた。

「ま、待ってください、昨日あんなに」

「足りない」

オズはひょいと抱《かか》えられ、ベッドに戻《もど》る。フィリックスの体がオズの上にのしかかった。オズは、彼の影に入る瞬間が好きだ。独り占めできた気持ちになるから。

「愛してる。……ずっとだよ、これからも」

フィリックスの声に応《こた》えるように、指を絡めた。それぞれの薬指には、金と銀の指輪が光る。

相手を模した色のそれは、永遠を誓《ちか》ってから三年間、外されることなく収まっている。

あとがき

こんにちは、水川綺夜子《みずかわきよこ》と申します。拙作《せっさく》をお読みくださり、本当にありがとうございます。

ところで皆様《みなさま》には「推《お》し」はいますか？　推しは人生を明るく照らしてくれる太陽であり、寂《さび》しいときに寄《よ》り添《そ》ってくれる月のようだな……と思うのですが、一生懸命《いっしょうけんめい》に命を燃やして推していればいるほど、心の中に渦巻《うずま》く感情は複雑なものになっていくのではないかな？　と考えていたら、今回のお話の案が浮《う》かんできました。

オズは最期の日まで、フィリックスを崇拝《すうはい》することでしょう。そして、フィリックスはファン心理を理解できないまま、釈然《しゃくぜん》としない気持ちで自分へ嫉妬《しっと》することでしょう。でもきっと、彼らの愛の形はそれでいいのだと思います。

電子特典で結婚《けっこん》式のお話を、中央書店様の特典にフィリックスとリカルドの御前《ごぜん》試合のお話を書かせていただきましたが、そうやって未来の彼らの一コマを覗《のぞ》くと、オズはオズらしく、フィルはフィルらしく生きていくのだなと思えて安堵《あんど》しました。私は推しに認知されたら死ぬタイプなので、オズのことはとても心配していましたが、動悸《どうき》息切れと推しの過剰摂取《かじょうせっしゅ》に苦しみながらも、なんとか幸せになってくれそうです。

装画の森原八鹿《もりはらようか》先生、今回もたくさん助けてくださった編集さま、そして本を手に取ってくださったあなた様に深くお礼申し上げます。

またどこかでお目にかかれますように！

水川綺夜子

KADOKAWA
RUBY BUNKO

替《か》え玉《だま》見《み》合《あ》いをしたら最《さい》推《お》しの
英雄《えいゆう》騎《き》士《し》様《さま》と結婚《けつこん》しました
水川《みずかわ》綺《き》夜《よ》子《こ》

角川ルビー文庫　23759

2023年8月1日　初版発行

発行者――山下直久
発　行――株式会社KADOKAWA
〒102-8177　東京都千代田区富士見2-13-3
電話 0570-002-301（ナビダイヤル）
印刷所――株式会社暁印刷
製本所――本間製本株式会社
装幀者――鈴木洋介

●お問い合わせ
https://www.kadokawa.co.jp/（「お問い合わせ」へお進みください）
※内容によっては、お答えできない場合があります。
※サポートは日本国内のみとさせていただきます。
※Japanese text only

ISBN978-4-04-113977-6　C0193　定価はカバーに表示してあります。

◇◇◇